COLLECTION FOLIO

Félicien Marceau

Les élans du cœur

Gallimard

I

Cela m'ennuie de parler de cette histoire. Tout y est absurde, mesquin. Je n'aime pas l'absurde. Je n'aime pas le mesquin. J'y vois des sortes... des sortes d'offenses. Oui, c'est le mot. Qu'un homme puisse se trouver dans une situation absurde, je trouve cela insultant. C'est ce qui me fâche dans les vaudevilles. Il y a là toute une mécanique. On en rit. On a tort. Cette mécanique est infernale. L'année dernière, pour faire plaisir à mon beau-frère de Pontarlier, je l'ai emmené au Palais-Royal. Il voulait voir ça. J'en suis sorti furieux. Humilié plutôt. Humilié au nom des hommes. C'était même un assez joli sentiment, je pense. J'aurais pu faire comme les autres, ne pas m'agiter, m'esclaffer. Mon beau-frère était aux anges, lui, fou de joie dans son fauteuil. Ils sont comme ça à Pontarlier, pas de sensibilité, déjà suisses, la proximité des glaciers. Moi, je souffrais, je me sentais solidaire de ce malheureux, sur la scène, qui se débattait, pris au piège, entre un lit et une femme en combinaison, alors que, lui, il ne voulait ni de la femme ni du lit, qu'il cherchait autre chose. Dans la pièce, c'était un secrétaire de mairie qu'il cherchait. Il en avait besoin. Mais tous ses efforts pour trouver enfin ce secrétaire de mairie, cela ne faisait que le fourrer davantage dans ce lit. Rien à faire. Prisonnier. Le piège. Sa liberté était bafouée, sa volonté mise en pièces. Ce n'était plus un homme mais une souris, une pauvre petite souris, dans une souricière, affolée, tournant en rond. Non, je n'aime pas l'absurde.

Et je ne suis pas mesquin, non plus. Ma femme me le reproche assez souvent. Quand un client ne m'offre que quarante mille francs pour un meuble dont je veux cinquante, eh bien ! souvent, je cède. Qu'il l'emporte, son guéridon ! Qu'il le prenne, son bonheur-du-jour ! On n'est pas des bêtes. Il faut un peu de jeu dans les relations humaines.

Mais, d'autre part, cette histoire, si je ne la raconte pas, je me connais, sensible comme je le suis, elle va me rester en travers du gosier, en travers du cœur, me gêner, me tracasser, me réveiller à des cinq heures du matin, à cette heure louche, blême, trop tôt pour se lever, trop tard pour prendre un somnifère. A cette heure où, sous l'effet de je ne sais quelle loupe, on n'a déjà que trop tendance à exagérer les choses, à se faire des idées, des remords. J'en parlais encore hier soir à ma femme, dans la chambre à coucher, assis sur le lit, tandis qu'elle nattait ses cheveux pour la nuit. Elle m'a envoyé promener.

— Oh ! ça va ! J'ai passé l'éponge, mais qu'on n'en parle plus.

— Pourtant, cette pauvre fille...

— Cette pauvre fille ! Tu as de ces expressions.

Sans même tourner la tête, le visage oblique, les deux mains à sa tresse gauche. Un caractère, ma femme !

— Une fille qui a voulu me prendre mon mari... C'est une ordure, ta pauvre fille.

Voilà ! Tout de suite, le jugement, la classification, l'étiquette. Derrière laquelle on ne va plus voir. Et pas un propos en l'air, non. Propos immédiatement devenu marbre, devenu airain, devenu béton. La pierre tombale. Qui s'abat, qui s'écrase, qui supprime. Ci-gît quoi ? Une ordure. Que fait-on d'une ordure ? On l'enterre. Et on n'en parle plus. Plus jamais. Deux minutes : la chose, la personne, la péripétie, c'est déjà comme si elle n'avait jamais existé. C'est son genre, à ma femme. Je ne blâme pas, notez. J'admirerais plutôt. Ce silence comme un bloc, comme un mur, épais, compact, qui ne laisse rien passer. Avec sa mère, tenez. Il y a entre elles une vieille histoire qui n'a jamais été éclaircie, des objets qui ont disparu à la mort de mon beau-père, des tapis, est-ce que je sais ? Vous croyez qu'elles en parlent ? Jamais. Le temps qu'il fait, les voisins, Mlle Minon, les dents de mon petit dernier, voilà leurs sujets de conversation. Les tapis ? Quels tapis ? Ce n'est pas qu'elles aient oublié cependant. Prononcez le mot tapis, les regards s'allument, un ange passe, un drôle d'ange, chargé de tapis. Mais quoi ! s'il avait fallu vider cette question de tapis, c'était la brouille. Alors, comme on ne veut pas se brouiller, on parle d'autre chose. Enterrés, les tapis. Comme le dit ma femme : si, dans la vie, il fallait s'expliquer sur tout, on ne verrait plus personne. Juste. Mais moi ? Je suis un sensible, je l'ai déjà fait observer. J'aime m'épancher. On va me dire... Non, non, qu'on ne dise rien du tout. Pour le commentaire, c'est le guichet en face. Et ce n'est pas non plus que je me sente responsable. Responsable de rien du tout. Si cette histoire me tracasse, c'est parce que... Parce que rien. Non, rien d'important. Les phrases parfois s'emmanchent mal, vous mènent au précipice. On a bien le droit de s'arrêter, je pense. Bien le droit de ne pas s'y jeter, dans le précipice. Sinon, comment vivre ? Comment parler ?

Et ce n'est pas enfin que je croie aux remords, aux soubresauts, aux fantômes. Fichaises. Si je devais croire aux fantômes, dans mon métier... C'est vrai, j'assiste à des ventes, je visite de vieux appartements bourrés mais déserts, je me présente dans des manoirs. Pas de fantômes. Je suis reçu par des héritiers à peine émergés du drame, le regard chargé de rancunes obscures ; par des veuves, un pied de tragique sur chaque joue, je débouche dans la mésaventure, je piétine le souvenir, j'expertise du lit Louis XIII où ont agonisé des douzaines de comtesses. Pas de fantômes. Un lit Louis XIII, c'est tout ce que je vois. Un bahut, une caquetoire, un cabinet à guichets, un secrétaire, une crédence. Je tâte, je regarde, je suppute, je fais valoir que le pied est vermoulu, que les consoles ne tiennent plus, que la marqueterie est gâtée. Le fantôme ne proteste pas. Après quoi, j'emporte, je râpe, je nettoie, je décape. Cela ne réveille personne. Jamais vu un décapité surgissant d'un bahut Henri II. Non, pas de fantômes. J'ai eu tort, oui, voilà bien tout ce que je puis reconnaître. Et encore... Je ne pensais à rien, moi ! Cette fille, quand j'ai pris la décision de l'engager, je ne l'avais même jamais vue. C'est dire. Elle aurait été louche ou bancroche, je l'engageais aussi bien. Je connaissais vaguement ses parents, c'est tout. M. et Mme de Gaugrand, petit de. Deux vrais Chinois, entre parenthèses. Il fallait voir. Et très vaguement, je le répète. Parce qu'ils habitent Bièvres, comme ma belle-mère. Une coïncidence, rien de plus. Les choses qui se sont mises comme ça. C'est à la longue seulement. Il faut comprendre aussi. Nous étions là, dans le magasin, tous les deux, toute la journée. Denise et moi. Et seuls généralement. L'antiquité, c'est toujours assez calme. Cinq ou six clients par jour, rarement plus. Ma femme souvent sortie. C'est elle qui surveille les ventes à l'Hôtel Drouot. Les enfants à l'école, le petit dernier dans son moïse. Et Denise avec moi, des heures durant. Pas très jolie, c'est vrai. Mais les femmes, on s'y fait. Et d'ailleurs, pas mal non plus. De grands yeux, un nez espiègle, un visage sans expression mais agréable, les cheveux sombres et coiffés comme on les coiffe maintenant, c'est-à-dire pas du tout, des mèches. Cela faisait de son visage comme une petite fenêtre, mais une fenêtre qui aurait donné sur rien, sur un terrain vague, je ne sais pas si je me fais comprendre. Aucune expression, voilà. Il est vrai que le visage... Il y avait surtout ses hanches. Elles étaient, voyez-vous, considérables. Et de gros seins. De gros seins dans un pull-over jaune. Or voici la chose, ma femme, elle, n'a pas de seins. Jolie, fine, distinguée, tout ce qu'on veut, le nez de la Vénus de Milo, mais pas de seins. Enfin, presque pas. Cela me manquait, forcément. L'oncle Emile me l'avait bien dit, un peu avant mon mariage : « Tu épouses une femme sans seins. La vie, un jour, te paraîtra un désert. » C'est assez son genre, à l'oncle Emile, la sentence. Mais il avait raison. On n'imagine pas ce que ça peut vous manquer, des seins. Alors, de les avoir là, toute la journée... je n'en pouvais plus. Là, c'est dit. J'hésitais, je tournais autour de mes phrases, je cherchais des raisons. Toute la raison est là : dans ce pull-over jaune. J'en rêvais. J'en parlais tout seul. Le soir, dans mon lit, ma femme contre moi, je voyais ce pull-over jaune. Denise n'était pas toujours en jaune cependant. Rien à faire, c'était le pull-over jaune qui me hantait. Dans le magasin, parfois, je m'arrêtais, je la regardais. J'en avais des coups au cœur. Un jour, nous rangions le débarras. Sans penser à rien, je me retourne un peu brusquement. Elle était là, tout près de moi, sa poitrine contre moi. J'avais encore la main levée. Il y a eu comme une minute d'effroi. Et j'ai pris. J'ai empoigné des deux mains. Je n'arrêtais plus. C'était comme une faim qui me remontait à la gorge. Je me gavais. Cela a fini sur un lit, forcément. Un grand lit à la polonaise, à bouquets de plumes, qui se trouvait là, dans le débarras, attendant une réparation.

Les jours suivants, nous avons recommencé, bien entendu. Chaque fois que ma femme sortait, sans perdre une minute, comme des affamés, comme si nous avions eu un immense retard à rattraper. Parfois, dans le magasin même, quand ma femme tardait à sortir, Denise s'approchait de moi. Je l'embrassais, dans le cou, sur la nuque, je caressais sa poitrine, rapidement, avec une fièvre aveugle. J'étais ivre, je vous dis.

Puis, un soir, nous étions dans la salle à manger (nous, je veux dire : la famille, ma femme, les enfants). J'avais mon petit dernier sur les genoux. Je lui faisais manger sa bouillie.

— Oh ! la bonne sousoupe. Pour qui c'est, la bonne sousoupe ?

Lorsque mon second, tout à coup :

— Dis, maman, Denise, elle est de la famille ?

Moi, à ne me douter de rien, comme un imbécile, avec ma cuiller. J'aurais encore pu détourner la conversation, me jeter dans un commentaire quelconque, parler des clients, de la journée. Mais pouvais-je imaginer ?

Tandis que ma femme, patiente (il faut toujours répondre aux questions des enfants, c'est son principe) :

— Mais non, Denise n'est pas de la famille.

— Alors pourquoi papa il l'embrasse ?

Le bruit de la cuiller retombant sur l'assiette, la lumière blanche du lustre à pendeloques, mon petit dernier qui se tortillait sur mes genoux. Et ma femme, tranquille comme Baptiste, continuant à découper le rosbif dans l'assiette de son intéressant petit interlocuteur.

— Tu as vu qu'il embrassait Denise ?

Ne levant même pas les yeux vers moi.

— Oh ! oui.

— C'est parce qu'elle est gentille. Tiens, mange.

Là-dessus, plus rien. Quand j'étais petit, à la campagne, lorsqu'il faisait tuer un lapin ou un poulet, ma mère s'enfermait dans le fournil. Il y avait ce même silence. Son numéro terminé, très content de lui, mon second s'était mis à manger. Ma femme aussi mangeait. Mon aîné buvait son verre d'eau rougie, relevait sa mèche. La foudre venait de tomber. Tout était calme. J'ai entendu ma voix qui disait :

— Allons, encore une cuillerée.

C'était d'un bête, cette voix ! Cette voix toute seule.

Elle avait l'air d'être en bois, vous voyez ce que je veux dire.

Les enfants couchés, ma femme revenue dans la salle à manger, je m'attendais à la grande scène. Je l'entendais déjà : alors, mon bonhomme... ? Mais non, rien. Elle rangeait les assiettes, repliait la nappe. Son petit va-et-vient de tous les jours, entre la cuisine et la salle à manger. Puis elle prend sa boîte de couture, s'assied, enfile une aiguille. C'était la soirée paisible qui s'amorçait. Ma foi, je me risque.

— Ces gosses ! On se demande où ils vont chercher leurs histoires.

J'avais dit cela sur un ton bien raisonnable, à la papa, comme quelqu'un qui pense tout haut, le soir, dans la tiédeur du foyer.

— Oh ! ça va, me répond-elle.

C'est un de ses mots, ça. Un de ses mots de mauvaise humeur. La colère qui couvait. Et le ton hargneux aussi m'en disait long.

— Voyons, dis-je, tu ne vas pas croire...

Rien. Elle avait enfilé son aiguille, elle cherchait dans ses boutons.

— Une fois, tu m'entends, une seule petite fois. Tu sais, la semaine dernière, quand j'ai vendu cet archeban. Denise avait si bien fait l'article que je l'ai embrassée, mais comme ça, tu sais, sur la joue, l'accolade, entre collaborateurs. C'est bête, mais j'étais si content. Cet archeban, il y avait bien dix-huit mois qu'il était dans le magasin...

Je me sentais idiot ! Cela ne tenait même pas debout, mon explication. Denise n'a jamais su faire l'article. Je m'en suis plaint assez souvent. Et cet archeban, je ne l'avais même pas bien vendu. Ma femme, un instant, a levé les yeux, m'a regardé. Ce visage froid. Ces cheveux bien tirés jusqu'au chignon net. Je n'ai pas insisté. J'aurais dû, je le sais bien. Ç'aurait été plus adroit. Ou me fâcher. Je n'en ai pas eu le courage. C'était l'absurde qui commençait, la situation si absurde qu'on ne sait par quel bout la prendre.

Le lendemain, toujours très calme, ma femme entre dans le magasin, déjà habillée, chapeau, parapluie.

— Je vais chez maman.

— Aujourd'hui ?

En général, c'est le jeudi qu'elle va à Bièvres. Elle en profite pour emmener les enfants.

— Oui, aujourd'hui.

Bon.

Elle allait sortir lorsque arrive Denise, en courant, s'ébrouant (il pleuvait), des gouttes dans les cheveux. Je me disais... Mais non. Quelques propos vagues.

— Il pleut si fort ?

Quelques recommandations pour le déjeuner.

— J'ai tout préparé. N'oubliez pas d'aller voir, de temps en temps, si le petit n'a besoin de rien.

Tout cela un peu froid, mais ma femme n'est jamais excessivement cordiale. Très ennuyé, je raconte l'incident à Denise. Elle n'avait pas l'air de comprendre. Cela arrivait souvent avec elle, et pour les choses les plus simples. Je lui disais : « Il faudrait mettre cette layette dans la vitrine. » Elle me regardait, ne s'efforçant même pas de comprendre, attendant que je répète. Comme si j'avais parlé arabe. Ou comme si je m'étais contenté d'une de ces interjections par lesquelles on annonce qu'on va parler, mais sans avoir encore rien dit.

C'était curieux : à vingt-huit ans, elle avait parfois l'air d'en avoir sept. C'est vrai, je ne l'ai pas encore précisé, elle avait vingt-huit ans. On ne dira pas que j'ai abusé de son âge. J'en ai tout juste quarante-deux. Cela ne fait pas une telle différence.

Elle avait si peu compris que, dix minutes plus tard, elle s'est approchée de moi, sa poitrine devant elle, comme une corbeille, un mince sourire. Moi, je n'osais pas. Après l'incident... On a de ces superstitions. Je voyais encore le regard de ma femme. Mais il y avait cette poitrine contre moi, ce visage levé, cette expression timide et gourmande. Tout ce bonheur... Je l'ai encore entraînée dans le débarras. Le grand lit à la polonaise, avec son damas rayé vert Nil et rose bonbon, notre havre poussiéreux et tiède. Et Denise. Son visage qui s'éclairait, ses petites dents brillantes. Ah ! c'était spécial. Puis un client est entré dans le magasin. Au coup de timbre, le paradis s'est défait.

Le soir, ma femme n'est rentrée que très tard. Denise était déjà partie.

— Denise ne viendra plus, m'a-t-elle dit tout de suite. J'ai vu son père. Il a très bien compris.

— Tu en as parlé à son père ?

Tout en accrochant son manteau, elle a tourné vers moi, par-dessus son épaule, un visage vieilli, exténué.

— Ça va, a-t-elle dit.

J'ai dit : bon. Qu'aurais-je pu dire d'autre ? Dans un sens...

II

— Insensé ! dit M. de Gaugrand.

A quatre pattes devant le poêle rectangulaire, son grand dos faisant comme une muraille de Chine entre un guéridon et un fauteuil de velours rouge noirci, M. de Gaugrand, par le guichet latéral qu'il avait entrouvert, scrutait l'intérieur de l'engin. Trois bûches y menaient une vie strictement végétative. L'une d'elles poussait la dérision jusqu'à émettre un sifflement humide et, sur la tranche, une bave mousseuse.

— La vache ! dit-il encore.

Puis, comme dépassé par cette obstination :

— Quand je pense qu'il y a des incendiaires. Comment font-ils ? Je me le demande.

Par on ne sait quel détour, cette réflexion sembla l'irriter. Toujours à quatre pattes, il tourna son grand visage dévasté vers une vieille petite dame qui, d'un pas vif de bersaglière, une pile d'assiettes entre les mains, traversait la vaste pièce.

— Je ne sors pas si souvent cependant. En mon absence, ne pourrait-on pas veiller au chauffage ?

On aura noté la tournure impersonnelle de la phrase. Acariâtre, M. de Gaugrand grondait souvent. Prudent, il n'adressait ses reproches à personne en particulier.

— Vous ne savez pas vous y prendre, dit la vieille petite dame sans interrompre son trottinement.

M. de Gaugrand eut ce mouvement qui, dans une position verticale, eût été un haussement d'épaules. C'était sa gloire, l'allumage des feux. D'une main tâtonnante, sans détourner son regard du guichet, comme si les bûches allaient profiter de son inattention pour faire Dieu sait quoi, il prit derrière lui un soufflet, en introduisit la pointe dans le poêle.

— Ah !

Un vlouf de bon augure venait de se faire entendre. Une petite flamme se mit à l'ouvrage. Là, entre les bûches, on eût dit un gnome bleu qui se frottait les mains avant d'empoigner sa cognée. Une lueur illumina le mica. Avec un soupir que vint soutenir un craquement des genoux, M. de Gaugrand se releva et atteignit sans efforts une assez belle altitude. Il portait un complet Prince de Galles, marron à rayures rouges, mais fort défraîchi et dont les poches bâillaient. Campé devant le feu, les jambes écartées, un fer à cheval piqué sur sa cravate luisante d'usure, une expression de fermeté inébranlable sur ses grands traits osseux, il tendit au-dessus du poêle ses fortes mains d'étrangleur. Devant lui, dans le grand miroir au-dessus de la cheminée, comme reflété dans un étang abandonné, les détériorations du tain figurant assez bien de sombres plantes aquatiques, le salon étendait ses nobles proportions, ses trois portes-fenêtres et son papier peint bleu, à fleurs bleues plus sombres, viré tantôt au vert, tantôt au jaunâtre, sauf en quelques endroits où des taches d'humidité lui rendaient une louche fraîcheur.

Il était curieux, ce salon. A certains égards, il tenait aussi de l'igloo ou du wigwam tant on sentait que presque toute la vie de la maison y était rassemblée. A droite de la cheminée, c'était, visiblement, la salle à manger : la table déjà servie et quatre chaises qui l'entouraient, à dossier haut, tendues de vert moucheté de blanc. Deux autres chaises pareilles étaient rangées le long du mur. L'une d'elles supportait une pile de journaux et un nettoie-pipe. A gauche, le décor était studieux. On y trouvait un grand bureau à cylindre, présentement fermé, flanqué d'une chaise de cuisine. A côté, contre le mur, une superbe commode en acajou, à cannelures en bronze doré et supportant, aux angles, deux belles cariatides engainées. Succédant à la commode, un piano droit, quelconque. Derrière le piano, la porte de la cuisine. Chez d'autres, c'est là certainement, pour la commodité, que l'on eût mis la table des repas. Minon, la vieille petite dame, à diverses reprises, l'avait souligné. Cela n'avait pas suffi pour que l'on apportât un changement quelconque à la disposition des lieux. Chez les Gaugrand, il fallait beaucoup de choses pour que l'on déplaçât un meuble. Le quatrième coin, enfin, était occupé, en ordre principal, par un grand canapé duchesse, Louis XVI, muni de deux encoignures et tendu d'une étoffe jadis vert céladon. Après le canapé, une porte vitrée donnait sur le vestibule. Aux murs, une grande quantité de tableaux à sujets variés (vue de Naples, vue du Vésuve, trois bœufs flanqués d'une bouvière qui tricotait, chasseurs en habits rouges poursuivant un renard roussâtre). A droite et à gauche de la cheminée, dominant l'un le coin-bureau, l'autre le coin-salle à manger, un gros homme à cuirasse bleue et une probable épouse, en robe à paniers, la bouche en cerise, le petit doigt levé, couverte de mille feux.

Denise entra. Non, elle n'avait pas son pull-over jaune. Elle portait une robe rouge sombre, de lainage, et des pantoufles bleues, vraies savates qui accentuaient encore son expression veule, cet air qu'elle avait de n'entrer que par désœuvrement. Elle s'assit sur le canapé Louis XVI, prit un journal qui traînait sur une table basse. Son père s'était retourné. Les mains derrière le dos, il la regardait. Le visage de M. de Gaugrand avait quelque chose de minéralogique. On eût dit un mur, un vieux mur, comme dans les villages ou les ruines, de pierres rêches et grises, rongé par le soleil et par la pluie, ses grandes rides verticales comme des crevasses, ses gros sourcils broussailleux suggérant des auvents ou quelque vieux lierre poussiéreux. Denise finit par lever les yeux. Dans son regard, il n'y avait rien. Dans celui de son père, il n'y avait pas grand-chose. M. de Gaugrand devait bien penser à l'antiquaire pourtant, à la visite qu'il avait reçue. Rien n'en apparaissait. Il est vrai que la lampe courte, posée sur la cheminée, laissait le visage de Gaugrand dans la pénombre. Une autre lampe entourait Denise d'une lumière jaune. Les bûches faisaient leur petit bruit. Dans la cuisine, Minon remuait des casseroles, ouvrait une armoire et, d'une voix surette, chantait :

Les mains de femme
Je le proclame
Sont des bijoux
Dont je suis fou.

Aucune parole, rien dans le regard, l'obscurité tapie contre les trois portes-fenêtres, une chanson dans la cuisine : c'était la paix. Elle ne devait pas durer. Derrière la porte-fenêtre du milieu, on entendit un raclement furieux, de pieds apparemment et sur un paillasson de fer. La porte-fenêtre s'ouvrit brutalement. On vit entrer, dans l'ordre, un parapluie qui se refermait, le profil de Dante et un manteau de lapin imitation loutre. C'était Mme de Gaugrand. Sans un mot, sans un regard pour voir qui était dans la pièce, elle déposa son parapluie à droite de la porte-fenêtre, son cabas à gauche, traversa le salon, s'assit, s'empara du journal qu'avait abandonné Denise et se mit à le lire avec une attention féroce. Elle n'avait enlevé ni son manteau, ni son chapeau, lequel était une sorte de colback noir, ourlé d'astrakan, enfoncé jusqu'aux yeux et un peu décousu au-dessus de l'oreille. Après un moment, elle jeta un coup d'œil vers le feu puis, avec un sourire agacé, se remit à sa lecture. Denise était toujours sur le canapé, le regard perdu, les deux mains ouvertes, abandonnées. Gaugrand, de temps en temps, se soulevait sur ses talons, se balançait, retombait.

Puis, brusquement, du côté de la cuisine, il y eut un modeste brouhaha. Minon apparut. Elle portait une soupière qu'elle alla déposer sur la table. Elle s'assit, déplia sa serviette, jeta sur les couverts un regard de petit coq soupçonneux et proféra :

— Le facteur est très nerveux. Il croit que sa femme se dérange avec le plombier de Vauboyen. Je lui ai dit que ça m'étonnait.

*

Il y a des villes qui, jadis capitales, sont devenues chefs-lieux de canton ou agglomérations sans importance. Une, par exemple, près de Saumur, où l'église a des airs de cathédrale, mais où, dans les rues caillouteuses, ne passent plus que de rares voitures, quelques carrioles et, trois fois par jour, un autocar qui bringuebale. Une autre aussi, en Toscane, où, au fond de vastes salles d'armes, assises sur une bûche, des paysannes font cuire de chétives polente. Dans ces palais à doubles vantaux n'habitent plus que des charrons, des menuisiers. Le décor est resté, mais trop grand pour la pièce. Ainsi était la maison des Gaugrand à Bièvres (Seine-et-Oise), devenue trop vaste pour eux, flottant autour de ses habitants comme, sur un petit garçon, les vêtements de son père. C'était une de ces maisons comme il y en a beaucoup dans les environs de Paris, rectangulaire, en style Mansart, perron pâle, grandes fenêtres, jadis blanche, maintenant grisâtre, perdue au milieu d'un grand jardin à l'abandon. On aurait pu y loger quinze personnes : les Gaugrand étaient quatre. Il y aurait fallu trois domestiques : après avoir eu cuisinière et femme de chambre, les Gaugrand s'étaient successivement réduits, en 1940, à une femme de ménage et, en 1946, à rien du tout, sauf un Russe qui, une fois par mois, venait pour les gros ouvrages. Encore M. de Gaugrand, assez souvent, trouvait-il des prétextes pour le décommander.

Il y avait bien Minon (dans le siècle Agnès-Victoire Barjot). En des temps plus prospères, Minon avait été engagée comme demoiselle pour Denise. Denise, depuis, avait grandi — son aventure avec l'antiquaire en témoigne — mais Minon était restée et, peu à peu, devant la pénurie de domestiques, elle avait pris le pli de faire à peu près tout dans la maison. Jamais modifiés depuis son engagement, en 1927, ses gages étaient devenus purement symboliques. Gaugrand cependant, pas une fois, n'avait omis de les payer, et le premier du mois, très régulièrement. Minon, heureusement, de son côté, avait une petite rente viagère que lui avait laissée son frère. Cela lui permettait d'assouvir ses passions, lesquelles étaient les matinées classiques du Français, les chapeaux et la correspondance. Elle était folle des chapeaux. Elle en achetait bien six par an que, dès qu'ils avaient cessé de lui plaire, très rapidement, elle repassait à Mme de Gaugrand. Celle-ci alors les arrangeait à son idée : elle en faisait des choses sans nom. Par exemple, comme ils étaient généralement trop étroits pour elle, elle se contentait d'y pratiquer des déchirures sur les bords, comme on l'aura déjà noté pour son actuel colback. Ce trait des chapeaux indique très bien quelle était la situation de Minon : les Gaugrand la traitaient comme une parente, avec plus de confiance et beaucoup moins d'égards qu'une femme de ménage. Une chance encore que Minon eût son petit caractère. Elle ne s'en laissait pas imposer et, quand il le fallait, rétorquait très bien : « Je n'ai pas le temps, faites-le vous-même... » Le dimanche après-midi, elle s'installait au bureau à cylindre (dont Gaugrand était ce jour-là proprement délogé) et consommait un plein carnet de timbres-poste à donner de ses nouvelles, dans le détail, à de nombreux correspondants : sa tante Loison-Duprat (personnage qui, à force d'être cité, avait pris, dans la maison Gaugrand, des proportions mythologiques), un ancien ministre chez qui Minon avait été demoiselle de compagnie en 1921, de lointains collatéraux, des amies d'enfance depuis longtemps grand-mères, des relations de feu ses parents, voire des cousins des Gaugrand, car elle tenait pour criminelle leur négligence épistolaire. Cela lui valait un abondant courrier, au grand dépit de M. de Gaugrand qui, n'écrivant jamais, s'étonnait de ne pas recevoir de lettres et soupçonnait le facteur. Souvent, au déjeuner ou au dîner, Minon pouvait ainsi, toute joyeuse, vider son petit panier d'informations. Les Gaugrand, bien entendu, ne l'écoutaient pas. Neuf fois sur dix, il s'agissait d'ailleurs de gens qu'ils ne connaissaient pas. Minon n'en était pas gênée. Elle parlait toute seule, pouffait de rire, d'un joli rire de source, quand l'anecdote rapportée était drôle ou la coïncidence amusante, essuyait une larme sous ses cils roux quand il lui fallait annoncer une mort, un divorce, une jambe cassée. Cette correspondance donnait à Minon une haute idée de sa courte personne. Sociable, elle rendait visite volontiers à quelques voisins. Ce n'était pas sans une nuance de condescendance.

On se doute que, réduite aux seuls soins de Minon et aux labeurs mensuels du Russe, la maison n'était plus très bien entretenue. Ajoutons que, faute d'argent, M. de Gaugrand, en général, se refusait à toute réparation. De temps en temps, suite à une fissure dans le toit, à une lézarde dans le mur, une pièce devenait inhabitable. On se contentait de la fermer. « Une de moins », se disait Gaugrand avec un étrange soulagement. Des pans entiers de la maison sombraient ainsi dans l'oubli. Au début de chaque hiver, ce mouvement de retraite devenait retranchement dans un camp fortifié. Pour entretenir le chauffage central, il aurait fallu huit tonnes de charbon. Les Gaugrand se bornaient à allumer la cuisinière (ci deux tonnes) et, dans le salon, le petit poêle rectangulaire (ci trois mille kilos de bois, en partie pris sur le jardin). C'est la raison pour laquelle ils avaient progressivement rassemblé dans le salon tout ce dont ils avaient besoin : la table et les chaises de la salle à manger, le bureau de Gaugrand, le piano de Denise. Sans compter quelques objets d'un maniement plus aisé (les livres de Mme de Gaugrand, le tricot de Minon) qui, eux, à la pousse des feuilles, regagnaient l'étage. La vie de famille des Gaugrand était strictement hivernale. Quant à la salle de bains, on s'y servait d'un radiateur électrique dont l'usufruit provoquait de fréquentes discussions. Fréquentes mais brèves. Chez les Gaugrand, l'exaspération, presque toujours présente, était tempérée par quelque chose qui oscillait entre l'indifférence, la lassitude et la bonne éducation.

Ressources : de leurs parents respectifs, M. et Mme de Gaugrand avaient hérité d'assez bons biens. M. de Gaugrand malheureusement s'était mêlé de les faire fructifier. En 1936, presque totalement ruinés, ils avaient émigré dans leur maison de Bièvres et avaient dû se résigner à louer, meublé, leur bel appartement de la rue de Varenne. Grâce aux meubles de Boulle, aux portraits d'ancêtres et aux tapisseries d'Aubusson dont il regorgeait, cet appartement était très régulièrement loué à des Américains et à un prix extravagant. L'agent qui s'en occupait n'en versait que la moitié à

Gaugrand lequel, tant il était loin du siècle, trouvait le prix extravagant tout de même et craignait vaguement une descente de la police. Il lui restait aussi une cahute, sise rue du Cardinal-Lemoine, comprenant un négoce (actuellement une herboristerie), une remise et deux appartements pour émigrés, le tout loué à des prix modiques. Cette affaire était également confiée à un gérant, aussi fripon que l'agent. Le Gaugrand, comme on sait, appelle le fripon.

Ces différents loyers aboutissaient à un total parfaitement insuffisant. M. de Gaugrand, il est vrai, à cinquante-huit ans, aurait pu encore travailler et il lui était arrivé d'y songer. Seulement, comme il le disait lui-même, « cela ne s'était jamais mis », locution dont la tournure familière, à son sens, indiquait suffisamment qu'il avait pris le problème à bras-le-corps. Il faut ajouter que, depuis Louis XV (et sauf une courte période, de 1792 à 1797, époque à laquelle un trisaïeul avait été cuisinier dans un restaurant de Soho), aucun Gaugrand n'avait jamais employé ses dix doigts à autre chose qu'à corner des cartes de visite. Le Gaugrand actuel ne rendait plus de visites. En revanche, il s'occupait, pour reprendre ses termes, de travaux d'histoire. Depuis vingt ans, il remaniait trois articles de sa composition, intitulés respectivement : Louis XVII est-il mort au Temple ? Naundorff était-il le dauphin ? Le duc de Berry était-il bigame ? On remarquera la tournure résolument interrogative de ces trois titres. Y aurait-il quelque indication psychologique à en tirer ? On en peut douter. Mais Gaugrand trouvait que cela faisait plus vivant. D'ailleurs, précisons-le, chaque fois, il donnait ses conclusions : affirmatives pour la mort de Louis XVII, négatives pour Naundorff et nuancées pour le duc de Berry. Oui, le duc de Berry avait fort bien été marié une première fois à une Britannique, mais la raison d'Etat faisait qu'il ne fallait tenir pour valable que le second mariage. Gaugrand parlant de la raison d'Etat était assez grand. Faute d'auditoire, sa femme, sa fille et Minon ne nourrissant qu'indifférence pour le duc de Berry, cela ne lui arrivait, hélas ! pas souvent. A diverses reprises, à la faveur d'anniversaires, des moutures de ces articles avaient eu les honneurs de l'impression, toujours, il est vrai, dans des journaux dont Gaugrand devait être à peu près le seul, avec le directeur et l'imprimeur, à connaître l'existence. Un de ces articles pourtant lui avait valu une coupure de l'*Argus de la Presse* — Gaugrand s'y était immédiatement abonné. Elle est là, sur son bureau, un peu jaunie. Depuis 1945 aussi M. de Gaugrand rassemblait les éléments d'un quatrième article dont le titre était déjà trouvé : Bazaine a-t-il trahi ? Politiquement, M. de Gaugrand se situait au centre gauche. Il votait radical-socialiste. « Ce sont des malins », professait-il. Un après-midi sur trois, il sortait, allait se promener mais par pure hygiène, « pour ne pas s'encroûter » et sans goût. On le voyait traîner dans les bois. Il y cueillait des champignons qu'à son retour la prudente Minon jetait dans la poubelle et remplaçait par des champignons de conserve, ce qui fait que Gaugrand se tenait pour un expert en cryptogames. De loin en loin, il se rendait à Paris et y consacrait l'après-midi à visiter les boîtes des bouquinistes. D'où, parfois, quelques brochures sur Bazaine. Un jour, quai de la Mégisserie, pris d'un brusque besoin d'aimer, il avait acheté une tortue. Au retour, tant il craignait sa femme, il avait lâchement oublié la tortue dans l'autocar. Pendant plusieurs jours, il s'était demandé ce qu'elle avait pu devenir, cette tortue.

A en croire Minon, M. et Mme de Gaugrand s'étaient jadis beaucoup aimés. « Un vrai ciel d'Italie », disait-elle. Ce devait être chez elle une vue optimiste, due à son penchant pour l'idylle. Il semblait peu croyable qu'un si bel amour eût pu, à ce point, disparaître. En voyant le regard que dédiait parfois Mme de Gaugrand à son mari, on s'étonnait même que, depuis longtemps, elle n'eût pas fui avec n'importe quel garçon boulanger. Mais — outre que le garçon boulanger ne s'était peut-être pas trouvé — dans la famille de Mme de Gaugrand (les Saint-Sauge, de Mamers), cela ne se faisait pas, de s'enfuir avec les gens. Il ne semblait pas, d'ailleurs, que Mme de Gaugrand eût à formuler envers son mari des reproches bien précis. Sa ruine même l'avait laissée indifférente. Mme de Gaugrand n'avait que de modestes besoins. On peut supposer que son mari l'agaçait, simplement. Elle s'était réfugiée dans cette indifférence compacte, massive, dont, à son exemple, la famille entière, sauf Minon, avait fini par se pénétrer. Frileuse, toujours frissonnante, avec cette expression révulsée, amère que donne la chair de poule, Mme de Gaugrand, du 1er octobre au 15 avril, même chez elle, ne quittait ni son manteau, ni son chapeau. Cela donnait une idée très précise de ce qu'elle était dans sa propre maison : une passante. Assise sur le canapé Louis XVI, elle avait l'air d'être dans un square ou chez le dentiste. Son mari passait : elle ne levait pas les yeux. Bris de vaisselle dans la cuisine : elle ne bronchait pas. Si le feu s'éteignait, si une porte était restée ouverte, Mme de Gaugrand se contentait de dire, comme on le dirait dans une salle d'attente :

— Oh ! ce feu ! cette porte !

Chez les Gaugrand, on a déjà eu l'occasion de le signaler, la conversation dépassait rarement le stade de l'allusion.

Au physique, Mme de Gaugrand était une femme assez grande, solide, visiblement bâtie à chaux et à sable, sans âge. Elle se tenait voûtée mais comme un arc, cette voussure, chez elle, suggérant non la lassitude ou le poids des ans mais plutôt une ardeur animale. Le visage confirmait cette impression. Le regard toujours braqué droit devant elle, le menton en galoche, Mme de Gaugrand, en marchant, avait l'air de les suivre. Dans l'ensemble, la lippe dure, le front chargé d'amères pensées, elle figurait très bien la femme qui en a pris son parti et qui va se livrer au commissariat le plus proche. Elle était brave d'ailleurs, brave vraiment. Un jour, rue Vavin, un autobus dévalant sur un enfant, elle se précipite, sauve l'enfant puis, agacée par ses larmes, le calotte. Elle avait failli être lynchée.

Le matin, par horreur tant du froid que du contact humain, Mme de Gaugrand restait dans son lit. Là, bien au chaud, un vieux passe-montagne sur la tête, ce qui accentuait sa ressemblance avec Dante, une bouillotte électrique sur le ventre employée avec tant de constance qu'elle en avait les quadrillés imprimés sur la peau, elle lisait. Des œuvres assez sérieuses, en général, beaucoup de philosophes. Elle n'aimait pas Dieu, cette femme-là. A dix heures et demie, elle s'emparait de la salle de bains, y restait trois minutes et descendait au village pour les courses. Son égoïsme géologique ayant pour corollaire une parfaite indifférence à l'opinion d'autrui, elle s'habillait, en été, n'importe comment ; en hiver, chaudement, c'est-à-dire comme une sorcière. Par les grands froids, elle allait jusqu'au plastron de journaux (des bouts en dépassaient sous son menton) et mettait trois paires de bas, ce qui la vouait à ne porter que des souliers de gendarme. Pour rapporter ses emplettes, elle prenait une voiture d'enfant qui avait vingt-huit ans d'âge — l'âge de Denise. Il faut ajouter que, même en cet équipage, Mme de Gaugrand avait un tel air de dignité que personne, dans Bièvres, ne songeait à rire : « Mme de Gaugrand, c'est un caractère », disait le boucher, ce qui prouve que, même en Seine-et-Oise, on n'ignore rien des ressources de la litote.

Chose étrange : cette femme qui, chez elle, avait un parler si abrupt et des manières si décidées, usait, envers les fournisseurs, d'un ton humble, presque craintif. Elle exprimait ses desiderata sur le mode hésitant, un doigt le long de la joue. Cette attitude lui était dictée à la fois par la ruse (« il faut les rouler ») et par la révérence, le peuple, aux yeux de Mme de Gaugrand, étant le seul réceptacle des vertus, des capacités, de l'intelligence. Au regard de son mari, le moindre plombier lui semblait Descartes. Son mari eût-il été Descartes, elle aurait encore pensé la même chose. Tels sont, sur certains esprits, les méfaits de la littérature contemporaine.

En rentrant, Mme de Gaugrand faisait passer sa voiture d'enfant par le salon (d'où des souillures sur les tapis, mais le détour par le jardin lui eût fait parcourir trois mètres de plus) et la rangeait dans la cuisine, laissant à Minon le soin d'y pêcher ce dont elle avait besoin pour le déjeuner. En l'attendant, Mme de Gaugrand allait s'asseoir à côté du feu ou, en été, remontait dans sa chambre. Le déjeuner avait lieu à midi et demi. Cette heure était un des rares points sur lesquels Gaugrand et sa femme se fussent jamais trouvés d'accord, lui parce que c'était l'horaire du duc de Berry, elle parce que cela lui permettait de prendre l'autocar d'une heure et demie pour Paris. Elle y allait tous les jours. Pour y faire quoi ? Ce point restera un des mystères de cet ouvrage. Elle en rapportait parfois quelques emplettes, de peu d'importance et généralement peu utiles : un tamis d'un modèle nouveau, un presse-purée, de la colle forte. Signalons ici une des failles de ce beau caractère : Mme de Gaugrand adorait les camelots, et se laissait, assez volontiers, par eux, embobeliner. Elle ne manquait pas non plus le Salon des arts ménagers, la Foire de Paris et autres manifestations du même ordre. Un jour aussi, elle avait fait une allusion — rapide — à une exposition de camping qui l'avait intéressée. Mais en dehors de cela ? Avait-elle un amant ? Son accoutrement rendait la chose peu vraisemblable. Allait-elle au cinéma ? Rien ne permettait de le penser. Un après-midi, errant lui-même sans but bien défini, M. de Gaugrand l'avait trouvée sur un banc de la place Dancourt, son cabas posé à côté d'elle. Que faisait-elle place Dancourt ? Effrayé, M. de Gaugrand s'était éclipsé par la rue des Trois-Frères.

Quant à Denise...

III

Sur la cheminée du salon, là, à droite, dans un cadre argenté, il y a une photographie de Denise. Elle est encore toute petite là-dessus. Elle doit avoir six ans. Il y a une toile de fond, une avenue, sous la neige, qui se perd dans le flou et, à l'avant-plan, un traîneau orné de lierre. Denise porte un petit manteau de fourrure blanc, une toque à la cosaque, des guêtres longues et boutonnées, un manchon. Elle a un air audacieux, décidé, les lèvres serrées, l'air de la petite fille qu'on a grondée injustement et qui n'en fera cependant qu'à sa tête. Il y a une autre photographie sur le bureau à cylindre. Photo d'amateur, celle-là, certainement. Elle est postérieure à la précédente. Denise est déjà plus grande. Cela se passe dans un jardin. Il y a un parterre rond et bombé, une allée de gravier. Denise ici a une robe écossaise, un grand nœud dans les cheveux. Le derrière de la robe est un peu remonté, comme une tournure. Denise tient un cerceau. On devine qu'elle était prête à partir, que le photographe, à ce moment-là, l'a appelée. Elle se retourne. Elle a une expression à la fois interrogative et rieuse. Ses boucles lui tombent sur les épaules, toutes rondes, comme des copeaux. Elle est jolie sur cette photographie, plus jolie que sur l'autre. Sa robe découvre de bonnes jambes. On y mordrait. Elle était turbulente en ce temps-là, Denise. Minon se souvient encore, avec un frisson, de certains de ses tours. Un jour, rentrant du village, elle l'a trouvée sur le toit, cramponnée au clocheton maintenant ruiné. Un autre jour, tout en haut d'un poirier, un immense poirier, en pointe, sa tête et ses boucles émergeant du feuillage. Un autre jour encore, au Luxembourg, tombée dans le bassin, toute trempée et riant, la misérable ! A l'école, toujours dans les dernières. On aurait pu croire que c'était par indiscipline. Non, c'était indolence d'esprit. Cette turbulente s'endormait sur ses cahiers. Ce diable à quatre, devant une fable à apprendre, bâillait, s'étirait, restait la bouche ouverte. On eût dit qu'elle avait dans la tête un ressort que, de temps en temps, le plus souvent, elle se refusait à faire fonctionner. Il y a des jours où on l'aurait tuée plutôt que de lui faire dire : deux plus deux égalent quatre.

A la longue, jolie victoire de l'esprit, cette indolence avait gagné le corps. Toute cette exubérance était tombée. D'un jour à l'autre, Denise avait cessé de grimper aux arbres, de courir dans les bois, sans que, pour cela, ses études s'en fussent trouvées le moins du monde améliorées. Il lui était venu une mollesse jusque dans la démarche. Lorsque, dans le petit chemin de fer d'intérêt local qui la conduisait au lycée de Versailles, les garçons lui tiraient les tresses en criant « drelin drelin » ou « cordon s'il vous plaît », Denise, jadis toutes griffes dehors, se contentait d'un geste vague, comme pour écarter une mouche. Elle avait alors quatorze ans. Le changement avait été si brutal et si évident que les Gaugrand eux-mêmes s'en étaient avisés. Ils avaient conduit Denise chez le médecin.

— C'est l'âge, leur avait dit cet homme. Donnez-lui des vitamines. Cela passera.

Cela aurait sans doute passé. Mais, sur ces entrefaites, étaient survenues la guerre, l'occupation, et les Gaugrand avaient résolument adopté cette vie de taupes dont, sans se l'avouer, ils nourrissaient la nostalgie. Qu'on imagine un muet et le sentiment qu'il éprouverait devant un décret interdisant à tous les citoyens l'usage de la parole. Tel avait été, à peu près et inconsciemment, le sentiment des Gaugrand devant l'occupation. La vie leur avait toujours paru une opération exténuante, difficile, compliquée. Voici qu'elle devenait difficile et compliquée pour tout le monde. Ils avaient toujours gémi. Leurs plaintes maintenant se perdaient dans un gémissement général. Ils se sentaient dépaysés dans le siècle. Le siècle les rejoignait, le siècle se faisait Gaugrand. Leurs étrangetés devenaient celles de beaucoup de gens. D'autres hommes, comme Gaugrand, s'enfermaient chez eux et ne faisaient plus rien. D'autres femmes, comme Mme de Gaugrand, sortaient de leurs armoires d'antiques défroques ou se mettaient des plastrons de journaux. Les restrictions alimentaires elles-mêmes, jusqu'à certain point, les arrangeaient. Sans oser le formuler, M. et Mme de Gaugrand avaient toujours trouvé absurdes les manières de manger qu'ils tenaient de leurs familles respectives. Ces hors-d'œuvre, ces desserts, ce gaspillage, toute cette fatigue ! D'autres s'en seraient libérés tout seuls. Les

Gaugrand avaient eu besoin d'un choc de l'extérieur. Avant la guerre, jamais ils n'auraient imaginé ne pas prendre de vacances. Le 15 juillet donc ils partaient pour Douarnenez où, s'ennuyant à périr, ils attendaient avec impatience de pouvoir rentrer. L'occupation, en rendant le voyage impossible, les avait, en réalité, libérés. Avant la guerre, ils rendaient encore quelques visites. Arguant du couvre-feu et des difficultés de transport, ils avaient cessé, comme ils avaient cessé d'inviter. C'était ce que M. de Gaugrand appelait : prendre sa part du deuil de la France. Ce sentiment, chez lui, était sincère. Mais, la guerre finie, les Gaugrand n'avaient repris ni les voyages ni les visites. Dans ce deuil, dans ce terne, dans ce gris, ils avaient trouvé leur couleur véritable. Osons le dire, M. et Mme de Gaugrand avaient regretté la disparition du rationnement. Que quelque chose fût redevenu facile, eh bien, dans le fond, cela les gênait.

Mais Denise, elle, avait définitivement sombré. C'était une fille déjà qu'il aurait fallu réveiller. Indolente, elle s'était laissé gagner par cet engourdissement. N'aimant ni parler ni écouter, elle n'avait pas une amie et ses parents, on l'imagine, ne s'étaient jamais préoccupés de lui faire rencontrer âme qui vive. Il aurait fallu inviter, se déranger. A vingt-deux ans, Denise ignorait encore ce que pouvaient être un bal ou la plus modeste soirée. Il s'était trouvé parfois des garçons pour lui adresser la parole. Elle ne répondait pas. A deux ou trois reprises, Gaugrand avait essayé de susciter ses confidences. Sans grands résultats. « Elle est là, à traîner. On ne sait pas à quoi elle pense. »

La seule à s'en inquiéter sérieusement avait été

Minon. D'entrée, elle avait couru à la solution qui lui paraissait la plus simple : Denise devait se marier. A cet effet, la vieille demoiselle avait alerté quelques-unes de ses correspondantes. Dans ce milieu, les mariages arrangés se pratiquent encore beaucoup. (On se moque de ces mariages. On a tort. Le bonheur est comme Dieu : toutes les voies lui sont bonnes.) Une de ces vieilles dames avait ainsi signalé à Minon un petit-neveu, Anthéaume de La Roche-Palluau, jeune homme excellent, disait-on, qui vivait avec sa mère dans un bourg de Vendée. Il y exploitait son domaine. Bousculée par Minon, la tribu Gaugrand s'était ranimée. Joli nom, fortune probable, Vendéen, ce qui plaisait à M. de Gaugrand (l'équipée de la duchesse de Berry), religieux, ce qui lui plaisait moins mais ce qui ne constituait pas un obstacle, bref le parti semblait bon. Par l'entremise de la vieille tante, Anthéaume avait été invité pour un week-end. Denise était transformée. Elle faisait déjà des projets. Pour leur voyage de noces, ils iraient à Bruges. Elle acheta des journaux de modes, se mit du rouge (maladroitement, ce qui lui faisait une bouche touchante). Trois soirs de suite, avec Minon qui donnait dans la superstition, elle avait interrogé les cartes. Les cartes étaient favorables : Anthéaume avait du cœur, Anthéaume était blond, Anthéaume serait épris. Denise passerait ses journées à se promener. Il paraît que la campagne, en Vendée, est jolie. Un peu triste. Des chemins creux, bordés de haies. Mais, l'hiver, les nouveaux époux viendraient à Paris, pour un mois. Gagnée par l'enthousiasme, Mme de Gaugrand fourbissait les cuivres.

Tout cela pour voir arriver un pâtre.

Et un pâtre endimanché, ce qui n'arrangeait rien, chemise de finette rayée, cravate de camelot à la sauvette, complet pelucheux et visiblement issu du plus obscur négoce de Mortagne. Si encore le prétendant avait eu bon visage. Il n'avait pas bon visage : le teint rouge brique, les cheveux blond paille, la denture rongée, de petits yeux bleus qui, sans vergogne, supputaient le mobilier. Et des manières ! Buvant son verre de vin comme au cabaret, se passant la langue sur les dents, s'exprimant gauchement et d'une manière petite. Sur toute chose, il avait le point de vue du modeste. Il parlait des « gros », de « monsieur le maire ».

La première stupeur passée, les Gaugrand avaient rapidement compris, renoncé. D'une certaine manière, ce dîner avait été leur dernière fête de famille. Devant ce vicomte dix fois plus qu'eux écrasé par la vie, M. et Mme de Gaugrand avaient repris conscience de tout ce qui, à la fois, encore les unissait et les mettait à quelques coudées au-dessus de leur convive. Par contraste, ils se sentaient brillants, mondains. Avec une férocité joyeuse, ils mirent la conversation sur des sujets qu'ils n'avaient plus effleurés depuis au moins vingt ans : les courses d'Auteuil, le bal des Petits Lits Blancs.

— Cela vous amuserait beaucoup, je suis sûre, disait Mme de Gaugrand, le menton presque spirituel.

Minon elle-même, mise en verve, se fit goguenarde.

— Et le soir, au café, entre gars du pays, de quoi parlez-vous ?

— Euh, dit le pâtre. On cause.

Tout à leur gaieté, les Gaugrand ne s'aperçurent pas que Denise, elle, était anéantie. Pendant tout le dîner, elle avait scruté le visage rouge brique, cherchant désespérément à y retrouver quelque chose des traits séduisants qui, pour elle, avaient surgi d'entre les cartes. Elle ne demandait qu'un signe. Aucun signe n'était apparu. Plus tard pourtant, elle avait voulu conduire Anthéaume jusqu'à la chambre qu'il devait occuper. Devant sa porte, dans un brusque élan, elle avait levé vers lui son visage, les lèvres entrouvertes, les yeux fermés. Anthéaume, très étonné, avait bredouillé. Et, dès le lendemain matin, il avait pris la fuite, non sans avoir, dès avant le déjeuner, pris un verre de vin, trait qui avait achevé de le déshonorer. A cette fuite avaient contribué, en parts égales, le délabrement de la maison, le brillant des Gaugrand et l'effronterie bien parisienne de Denise.

Cette déconvenue avait été grave. Devant l'échec de sa tentative, Minon n'avait pas osé la renouveler. Les Gaugrand, de leur côté, estimaient en avoir assez fait. Et Denise vivait comme dans un rêve. Eprouvait-elle des sentiments, des peines, des joies ? Jamais rien n'en apparaissait. On eût dit qu'il y avait une distance infinie entre son âme et son visage, une distance que les sentiments n'arrivaient pas à couvrir. Un jour, dans un fracas épouvantable, un avion à réaction avait survolé, très bas, la maison (l'aérodrome de Villacoublay est tout à côté). Mme de Gaugrand elle-même en avait porté la main à son cœur. Denise, elle, n'avait pas levé la tête. Lorsqu'on lui parlait, elle n'écoutait pas. Si l'on insistait, elle souriait.

— Cela t'amuse ?

— Quoi ?

— Ce que je dis.

— Tu disais quelque chose ?

— Pourquoi souris-tu alors ?

— Je souriais ?

Ou bien :

— Que fais-tu là, dans l'obscurité ?

— J'écoutais la radio.

La radio n'était pas ouverte.

Ou :

— Quel jour sommes-nous ?

Elle ne savait pas. Parfaitement vides, sans travail, sans distractions, sans événements, les journées pour elle n'avaient aucune consistance et presque aucune réalité. Parfois cependant, prise d'une soudaine application, elle se mettait au piano ou encore elle peignait. A la gouache. Sur carton. Lui trouvant un certain don (et aussi pour pouvoir se dire qu'il avait fait quelque chose — et enfin parce que la gouache le dérangeait moins que le piano), M. de Gaugrand l'avait inscrite à un cours, à Paris, chez une demoiselle, rue Campagne-Première. Denise y allait deux fois par semaine. Elle peignait de petites choses tristes : un poisson dans une assiette, un cerisier en fleur sur un tertre. Elle ne peignait jamais qu'une seule chose à la fois : un poisson, pas deux, ni même un bouquet de persil ; le cerisier tout seul, sans un buisson, rien à l'arrière-plan. C'était cela, probablement, qui faisait de ses tableaux quelque chose de si désolé. L'un sur son assiette, l'autre sur son tertre, ce poisson, ce cerisier grelottaient de peur, de solitude.

Pendant un temps aussi, Denise avait pris le pli

d'aller tous les matins à la messe. M. de Gaugrand y avait mis le holà. La messe le dimanche, passe (bien que ce ne fût pas dans ses idées). Au-delà, pour lui, c'était la crise mystique. Dangereux, ça. Denise avait obéi sans protester.

Elle en était là, lorsqu'un jour, un dimanche, en visite chez une vieille dame du voisinage, Minon y avait rencontré le gendre de ladite vieille dame, M. Vasselard, l'antiquaire. Il faisait beau. Ils étaient tous dans le jardin, dans des transatlantiques, la vieille Mme Duquesne, Vasselard, sa femme, les enfants. Ce Vasselard était ce que Minon appelait un bel homme, blond mais touché par la calvitie, ce qui lui donnait un air distingué, élégant d'ailleurs, dans un complet gris perle, le nez gros, le menton gras, les yeux pervenche, l'air actif. Oh ! ça, furieusement actif. Un vrai organisateur, cela sautait aux yeux. Il arpentait le jardin comme un capitaine son paquebot, l'œil à tout, tâtant les poires, replantant un arceau. Une mauvaise herbe ayant frappé sa vue, il en fit un événement, envoya ses deux fils chercher l'un la binette, l'autre le sarcloir. La mauvaise herbe exterminée, mis en appétit par cet auditoire de femmes, la cigarette nerveusement tapotée contre son étui, Vasselard fit l'important, parla de son commerce, du tintouin que cela lui donnait, de l'entregent qu'il y fallait, des mécomptes auxquels il était exposé et enfin du bon besoin qu'il aurait eu de trouver un collaborateur capable. Minon aussitôt proposa Denise. Elle était instruite, elle avait du goût, elle ne serait pas exigeante quant au salaire. In petto, Minon ajoutait que cela lui changerait les idées. Vasselard qui, sous ses airs de capitaine, cachait une âme hésitante, avait tout d'abord demandé à réfléchir puis, sa femme ayant déclaré sèchement (elle était gentille, Mme Vasselard, mais sèche) qu'elle en avait assez de ses doléances, il finit par donner son accord. « Que Mlle de Gaugrand se présente demain », avait-il articulé avec la mine d'un homme qui passe sa vie à embaucher du personnel. Minon avait aussitôt regagné la maison Gaugrand, son petit nez d'aigle déjà dressé pour la bagarre car elle n'était pas sûre que son initiative rencontrât un agrément unanime. Mais non. Denise avait paru contente et Gaugrand s'était déclaré favorable. A temps nouveaux, mœurs nouvelles. A son idée, les femmes devaient travailler.

IV

Mais qui voilà ? Minon ! Parfaitement. Minon émergeant du crétacé parisien et, plus précisément, de la station de métro Porte-d'Orléans, Minon toute petite, perdue dans la foule, infime, s'arrêtant au bord du trottoir, près du marchand de journaux, attendant le feu rouge, le regard anxieux (il y a un homme à côté d'elle, il doit bien peser quatre fois son poids. Appartiennent-ils à la même humanité ? On en douterait), puis traversant, rapidement, comme une feuille chassée par l'orage, Minon si fragile, Minon menue, le pas nerveux, le visage tendu, devant toutes ces voitures impatientes comme des lions. Il est vrai que nous sommes jeudi. Le jeudi, Minon va à la matinée classique du Français. Depuis le temps, elle y connaît quelques ouvreuses et, pendant l'entracte, elle va bavarder avec elles. On entend son rire d'écolière, son rire de perles. Elle a un joli rire, Minon. On l'imagine il y a quarante ans, en manches bouffantes, les cheveux en couronne, dans une véranda, avec un lieutenant de dragons. Que ne l'as-tu épousée, imbécile. Tu aurais maintenant près de toi son joli rire et son âme légère.

Enfin ! Pour le moment, Minon va prendre l'autocar de six heures quarante-cinq. L'autocar est déjà là, rangé contre le trottoir, un gros autocar bleu où marinent des têtes pensives. Mais Minon n'y monte pas. Elle écarte son gant et sa manche pour voir son bracelet-montre. Elle entre dans une boulangerie. Elle achète une barre de chocolat. Il y a là aussi un café-tabac qui fait le coin. En face, c'est déjà un peu la campagne, un grand espace vague. De l'autre côté, un manège, quelques baraques foraines.

Tiens ! Minon n'est toujours pas montée dans l'autocar. Elle est sur le trottoir. Elle regarde vers la sortie du métro. Il est évident qu'elle attend quelqu'un. Mais qui ? Mme de Gaugrand ? Mme de Gaugrand ne prend, en général, que l'autocar de sept heures quarante-cinq. Denise ? Denise aujourd'hui n'est pas sortie. Comme tous les jours, depuis qu'elle ne va plus chez l'antiquaire, elle traîne dans la maison et, dérangé, agacé, son père soupire. De voir des autres qui ne font rien, ça l'horripile. Alors qui ? Minon aurait-elle, elle aussi, son mystère ? La voici qui s'impatiente. Elle consulte encore son bracelet-montre. Elle a dû être jolie, Minon. Dans le genre menu. Là, piaffant sur le trottoir, sous son chapeau discret, gris mais que relève un audacieux drapé ponceau, elle a, plus que jamais, l'air d'un petit coq. Un profil aigu, le nez en bec d'aigle, en petit bec et de petit aigle, les lèvres serrées, une fossette au menton. Elle porte un manteau noir, façon redingote, très cintré, juponnant. Ses cheveux, comme ses sourcils, sont roux, mais d'un roux tranquille, cendré, tempéré de grisonnant, le roux, à peu près, des vieux lions. D'ailleurs, quand Minon se fâche ou, comme maintenant, s'impatiente, son visage aigu prend quelque chose du lion, non le gros lion qui bâille, le petit lion griffu et furieux de l'héraldique. Elle ne doit pas être si bonne, au fond, Minon. Il y a de la dureté dans ces traits menus, dans ce regard vif, preste, qui jamais ne traîne. Qui brusquement s'éclaire. Minon sourit. Quelqu'un vient vers elle. Ce quelqu'un... Ça alors ! Cet être si attendu n'est autre que le jeune Chadevaux, le fils aîné du médecin de Bièvres. Qui aurait pu imaginer ? Mais c'est un tout jeune homme ! Il doit avoir quoi ? Dix-sept ans, seize peut-être. Il porte un de ces manteaux beiges comme on en porte beaucoup maintenant, à capuchon et à boutons de bois. Et des pantalons longs mais tout juste. Il y a un âge ainsi où l'on dirait que la longueur des pantalons hésite à s'affirmer ; où, retenus par on ne sait quelle pudeur, ils s'arrêtent à quelques centimètres au-dessus des souliers. Il est blond, le jeune homme. Il a un visage gentil, un peu mou, le nez trop fort. Mais le regard brillant, amusé.

— Vous alliez manquer l'autocar, dit Minon sur un ton grondeur.

Elle a l'air bien gaillarde, Minon. Elle a, pour ce garçon, un regard de propriétaire.

— Il y avait du monde dans le métro, dit-il. J'ai dû laisser passer deux rames.

Ils grimpent dans l'autocar, s'installent côte à côte, bien serrés, les banquettes sont étroites.

— Vous avez passé un bon après-midi ? demande Minon.

— Oui. Et vous, mademoiselle ?

Ce ton déférent nous rassure. On se disait bien

aussi ! L'autocar prend le large. Il y règne une lumière parcimonieuse. Le chauffeur a ouvert la radio. Une petite musique se répand. Minon, dans son sac, prend sa tablette de chocolat, la divise, en tend le plus gros morceau à son compagnon.

— Aujourd'hui, dit-elle, on donnait *Tartuffe*.

— Oh ! je connais la pièce, dit le jeune homme. Elle était l'an dernier au programme.

*

Il faut nous attarder un moment sur ce jeune homme. Ce soir-là, comme tous les soirs, d'ailleurs, il est rentré chez lui, il a dîné avec son père, sa mère, son jeune frère et ses deux petites sœurs, deux jumelles. Il a parlé de *Tartuffe*, avec beaucoup d'assurance. Il a même eu le front de formuler quelques observations sur le jeu des comédiens. On aurait juré qu'il venait d'assister à la représentation. Son père lui a donné la réplique. C'est un petit homme rond, son père. Rougeaud, la moustache courte. Mais cultivé. Il a dit sur *Tartuffe* des choses pas du tout dénuées d'intérêt. Cela faisait plaisir à voir, cette tablée familiale, unie et s'entretenant des grands classiques. Après quoi, ayant gagné sa chambre, le jeune homme a lu le quart d'un tome de *Fantômas* et s'est endormi. Nous le retrouvons le lendemain, vendredi, dans la cour du lycée Henri-IV, sa serviette sur la hanche et conversant avec un garçon de son âge.

— Absurde, mon cher ! disait-il d'une voix très Louis XV (pas du tout sa voix de l'autocar, ni sa voix familiale qui, entre elles déjà, avaient quelques différences). Absurde ! Votre Eminence raisonne comme un tire-botte.

— Et vous comme un chauffe-bains, rétorqua le cardinal Mazarin avec une certaine âpreté. Vicomte de Valmont, êtes-vous un libertin, oui ou non ?

— Ah ! pardon, il y a une nuance, dit le prétendu vicomte, la paume levée.

— Va te faire cuire un œuf, avec ta nuance.

Ce Mazarin était un garçon qui devait avoir dix-sept ou dix-huit ans mais qui les avait, si l'on peut dire, fragilement. Son pas dansant le trahissait. C'était le pas de qui hésite encore et oscille entre l'enfance et la jeunesse. Dans l'ensemble, il avait assez l'air d'un infant : des cheveux noirs disposés en boucles nerveuses, de grands yeux sombres, des cils de bayadère, et le tient orange de l'hépatique.

— Voyons, dit-il sur le ton de quelqu'un qui reprend tout depuis le début, tu seras bien d'accord avec moi pour penser que, comme disait l'autre, l'important est dans le regard, non dans la chose regardée.

— Correct.

— Bon ! reprit Mazarin. Dès lors...

Un fort coup de poing dans le dos interrompit son discours. Ce coup de poing était l'œuvre d'un grand garçon, plus grand que les deux autres, plus robuste aussi, de mine patibulaire, le regard lourd, le visage ossu, les cheveux rabattus en frange sur le front. C'était Rimbaud. Arthur Rimbaud.

— Salut, opium du peuple, proféra-t-il sur un ton abrupt. Salut, fumier d'ancien régime.

— Salut, rétorqua plus courtoisement le cardinal Mazarin.

L'état civil de ces trois personnages surprendra peut-être. Il n'y a pas de quoi. Tout groupe social, comme on sait, même le plus réduit, a ses usages, son folklore. Vers leur quinzième année, déjà liés par une solide amitié — et toute amitié, à cet âge, tend au complot — épris de grandeur, comme il est trop naturel, ou exténués de n'être qu'eux-mêmes, les trois garçons, un jour, avaient décidé de se choisir d'illustres modèles. Le choix avait été bientôt fait : Rimbaud, Mazarin, Valmont. Pourquoi Rimbaud ? Pourquoi Mazarin ? Pourquoi Valmont ? Allez le leur demander. La révolte sans doute, la ruse, la séduction. Sur le moment et dans un bel élan, ils avaient même ajouté que, dorénavant et en toutes circonstances, ils agiraient non suivant leurs préférences, non suivant la morale, mais en imaginant ce qu'auraient fait à leur place le vrai Mazarin, le Rimbaud véritable, le Valmont des *Liaisons dangereuses*. Ce jeu, bien entendu, n'avait pas duré plus d'un trimestre. Il était assez difficile, d'ailleurs, de trouver des occurrences où le rusé cardinal, le poète du *Bateau ivre* et le fringant Valmont eussent pu avoir une politique commune. Les noms cependant étaient restés. Entre eux, mais entre eux seulement, les trois se traitaient encore volontiers d'Eminence, de poète maudit et de trousseur de jupons. Ajoutons que, bons élèves tous les trois (à des degrés divers), ils donnaient assez dans le relent scolaire.

— Dites donc, reprit Rimbaud, en attendant l'abolition des privilèges, qui de vous deux aura encore celui de me passer sa version latine ? Je n'ai pas eu le temps de m'en occuper.

Valmont ouvrit sa serviette sur son genou, y prit un cahier.

— Tiens. Mais mets-y quelques fautes.

— Tu parles, dit Rimbaud. C'est ma seule chance d'avoir un texte correct.

Propos calomnieux : Valmont était excellent en latin. La cloche sonnait. Comme un individu, en le dépassant, le bousculait, Valmont lui décerna une insulte ordurière. Les trois n'usaient du bon français que pour leurs conciliabules. C'était leur argot, dans le sens primitif du terme : le langage des initiés.

*

Après le lycée, ils se rendaient généralement dans un café-tabac de la rue Tournefort. Ce café, d'aspect modeste, était tranquille. Toute l'animation s'y concentrait près du comptoir où officiaient, pour la boisson, un homme jeune, à l'expression zélée et, pour le tabac, une dame âgée, fort terne, propre mère du zélé, et qui portait un camée sur un corsage à mille plis. Derrière le comptoir, séparée par une cloison de verre historié, s'étendait, mais peu, une petite salle sombre. Les banquettes y étaient rouges et les tables noires ce qui, selon Rimbaud, lui donnait un air stendhalien.

— Pour moi, ce sera un beaujolais, dit Rimbaud à l'intention du garçon qui, la main sur le dossier d'une chaise, semblait très disposé à raconter sa vie. Et pour les deux petits, un jus de pamplemousse.

— D'ananas, dit Mazarin.

— D'ananas ? Tu es sur une mauvaise pente, mon garçon. On commence par un jus d'ananas et on finit par tomber sous la coupe d'une négresse. Demande au monsieur.

D'un sourire exténué, le garçon fit comprendre que, s'il n'était pas, d'une manière générale, hostile à la plaisanterie, il trouvait celle-là maigrelette.

— Donc, un jus d'ananas. Et de quoi écrire.

Partout où il allait, Rimbaud réclamait de quoi écrire. Et il se posait comme Rimbaud dans le tableau de Fantin-Latour : un peu sur le côté, la main sous le menton (l'autre étant dans sa poche). Il portait une canadienne d'aspect sauvage, une chemise kaki, pas de cravate et des pantalons qui s'effilochaient sur de grosses bottines de soldat. Ses deux amis avaient une tenue plus soignée. On devinait derrière eux des mamans attentives, brave maman bourgeoise pour Valmont, jolie maman élégante pour Mazarin. Quelque chose de ses froufrous se reflétait jusque sur son fils, on ne sait trop quoi, la cravate bleu lavande, le gris délicat de son raglan, la gracilité de ses façons. Rimbaud, lui, n'avait plus de mère.

La conversation fut d'abord assez lâche. Sans l'ombre d'une suite dans les idées, elle effleura successivement divers soucis d'ordre scolaire, quelques hypothèses sur la vie sexuelle du professeur de maths, une aventure vécue dans le métro par Rimbaud et l'idée amusante que ce serait d'arriver un jour, au lycée, tous les trois, avec une valise. Au début du cours, en grande pompe, ils ouvriraient les valises : dedans, il n'y aurait qu'un crayon. Sur quoi, Valmont fit quelques remarques acérées concernant les amours de Mazarin. Celui-ci, en effet, depuis un bon trimestre, nourrissait une passion pour une écolière domiciliée à Saint-Clohud (la décomposition des diphtongues était une trouvaille de Valmont) et qui, dans le groupe, pour des raisons transparentes, avait été incontinent surnommée Anne d'Autriche.

— Si encore c'était pour la séduire ! commentait Valmont. Mais non ! Monsieur et son aimée se promènent la main dans la main. Cette propre main, messieurs...

A l'appui de son dire, il souleva la main de Mazarin et la présenta à l'assemblée. Rimbaud se pencha pour l'examiner. Ce trait amusa.

— Et c'est, l'imaginez-vous ? messieurs, c'est de ce stupre en fa dièse que Son Eminence a eu le front de m'entretenir aujourd'hui pendant plus de dix minutes.

Le langage de Valmont pourrait faire croire que, sur le terrain de la séduction, il était beaucoup plus avancé que Mazarin. Il n'en était rien. Seul Rimbaud avait, dans ce domaine, quelque expérience, ayant un jour embrassé la fille d'une femme de ménage venue lui annoncer que sa mère ne viendrait plus.

— Il y a quelque chose qui ne va pas ? demanda Rimbaud avec une bienveillante sollicitude.

Mazarin s'ouvrit de son souci : très épris, il écrivait souvent. Anne d'Autriche, malheureusement, était affligée d'une concierge qui — principe ou méchanceté — prétendait ne remettre le courrier qu'au père ou à la mère de l'amoureuse. Esprit héréditairement juridique (son père était avocat), Mazarin tenait ce procédé pour contraire aux lois et, bravement, il mit sur le tapis le projet d'une expédition punitive contre cette concierge. Ce projet fut immédiatement l'objet d'une contre-attaque de la part de Valmont lequel, vaillant dans le discours, n'était jamais très fou de l'action directe. Cette opération, exposa-t-il, était *primo* misérable...

— A petit siècle, petite conduite, lui rétorqua Mazarin.

Et *secundo* indigne. Valmont y respirait un douteux intérêt personnel. A ses yeux, on n'avait le droit de se mêler des choses que si l'on n'y était, en aucune manière, intéressé.

— Ça, dit Mazarin, on ne peut pas suivre n'importe qui dans la rue.

— Ah ! dit Rimbaud, j'y ai souvent pensé. On ne suit pas assez les gens, voilà mon idée.

Lancée dans cette direction, la discussion prit bientôt un tour strictement théorique. Les trois garçons s'en régalèrent pendant une bonne demi-heure. Cela finit par une partie de billard électrique.

V

Bon, j'y avais renoncé, à Denise. J'en avais fait mon deuil. Non sans regrets, je peux le dire. Les premiers jours, surtout, quand elle n'est plus venue. Toute la journée, je traînais dans le magasin, le goût à rien, le cœur gros. Non : le cœur vide. Un vide énorme que je sentais dans ma poitrine, qui pesait, qui tirait. Mais je me disais : ma femme, les ennuis... Bref, je le répète, j'en avais pris mon parti. Je voyais ma vie devant moi. Trop tard pour en changer. Tant pis. Reprends-toi, mon bonhomme. Je m'étais repris. Denise m'a écrit. Une lettre insensée, parlant de se tuer. Je n'ai pas répondu. Qu'aurais-je pu lui dire ? De ne pas se tuer ? C'était futile.

Là-dessus, ce matin, je lève mon rideau de fer, j'échange quelques mots avec Dubuche, mon voisin, je jette un coup d'œil sur ma vitrine et je rentre. Neuf heures, dans l'antiquité, c'est une heure paisible. Je prends une petite table à ouvrage Louis XVI et je m'occupe à la réparer. Ce n'était pas grand-chose : elle était ornée de camées, cette table, de Wedgwood, et un de ces camées ne tenait plus. A un certain moment, je lève les yeux. Qu'est-ce que je vois ? Denise. Arrêtée devant la vitrine, tranquille, immobile, me regardant. Affolé, je lui fais signe de s'en aller. Elle ne bouge pas. Je lui montre la porte du fond, espérant lui faire comprendre que ma femme était là, qu'elle pouvait arriver d'un moment à l'autre. Pour être plus clair, j'ai même fait les cornes au-dessus de ma tête (comme si Denise avait pu comprendre. Mais on est idiot, dans ces moments-là. Sans compter que ce n'était pas très élégant comme geste. Je me le suis tout de suite reproché. Ma femme l'aurait vu, cela aurait encore fait des histoires). Mais Denise restait immobile, impassible, sans une expression. J'avais parfois des passantes comme cela, qui n'osaient pas entrer, qui regardaient fixement un pouf, une crédence, le pouf dont elles rêvaient, la crédence qui aurait si bien complété leur salle à manger. Mais Denise, c'était moi qu'elle regardait. Sans sourire, sans un signe, pensive, comme les passantes, je le répète, exactement.

Puis, tout à coup, je la vois qui se dirige vers la porte. Je me précipite. J'ouvre. Ah ! là là, ce carillon. Trois jours auparavant, une petite folie (quand on est malheureux, on fait n'importe quoi), j'avais remplacé le timbre de l'entrée par un jeu de tubes en cuivre. Sur ce fond bruissant et qui n'en finissait pas, rien n'avait plus l'air sérieux. Et Denise, étonnée, qui levait les yeux vers les tubes, comme si elle me les reprochait. Nuance : pendant que je souffrais, Monsieur s'installait des carillons.

— Mais qu'est-ce que tu veux ? Va-t'en !

— Je dois te voir.

Tranquillement, dans son petit manteau de ratine

bleue, trop étroit, le visage entre ses cheveux, comme penché à une fenêtre. Malgré ma peur, j'ai eu un moment d'émotion.

— C'est impossible, tu le sais bien.

— Pourquoi n'as-tu pas répondu à ma lettre ?

— Je ne pouvais pas.

— Tu es mon amant.

Une jeune fille ! Insensé !

— Ma femme est là.

— Elle comprendra. Tout le monde doit comprendre.

J'essayais au moins de l'emmener au-delà de la vitrine. Rien à faire. Elle voulait entrer. Je la prenais par le coude. Elle se dégageait. Et les passants !

— Denise, cela ne pouvait pas durer.

— Je vais au café en face. Tu viendras m'y rejoindre.

J'ai eu une seconde de vertige. Tout ce bonheur. Rien que ce bonheur. Ce tout petit bonheur. Dont je me privais. Sans raison. Mes bonnes résolutions, je les sentais en moi qui s'effondraient, l'une après l'autre, je les voyais, comme de grands pans de mur qui tombaient lentement, qui glissaient, les uns sur les autres, qui se défaisaient, s'effritaient.

— Non, non. Je ne peux pas. Nous ne pouvons plus nous voir. Plus jamais. J'ai ma vie, mes enfants.

Voilà ! C'était dit, c'était fini. Quelque chose s'effondrait mais ce n'étaient pas mes résolutions. Je me suis détourné pour rentrer. C'est le moment qu'elle a choisi pour me dire, paisiblement :

— Tu crois que tu ne m'aimes plus ?

Place Saint-Augustin, à neuf heures et demie du

matin. Les gens, les autobus. L'endroit rêvé ! J'ai éclaté :

— Non, je ne t'aime plus. Je ne veux plus te voir. C'est cassé, fini, rompu. Est-ce clair ? Retourne chez toi.

Je suis rentré. J'ai fermé la porte. (Ces tubes !) Penché sur la petite table à ouvrage, j'ai fait un effort désespéré pour ne plus penser à rien. Je passais le doigt sur le camée qui, maintenant, tenait. C'était bête, cette petite table à ouvrage, fragile, avec ses pieds cannelés, qui devenait ma bouée, mon ancre, mon radeau. Je m'y cramponnais. Elle seule encore, on aurait dit, me reliait à la vie, à ma vie. Si je l'avais lâchée, je crois que j'aurais couru vers Denise, que je l'aurais fait entrer, en triomphe. Que je l'aurais conduite jusqu'au grand lit. Après quelques minutes, j'ai regardé furtivement. Denise était toujours là, de nouveau devant la vitrine, bien au milieu, on ne voyait qu'elle, qui me regardait. Eh bien ! tant pis ! Tant pis. Elle voulait rester ? Qu'elle reste ! Ma femme pouvait bien venir. Cela m'était égal maintenant. Elle verrait que je suis aimé. Est-ce ma faute si je suis tombé sur une folle ? Je me suis assis derrière mon bureau. J'ai même essayé de ranger des factures, mais ça n'allait pas. Sans cesse, je relevais les yeux. Finalement, je suis resté là, sans rien faire, les deux mains devant moi, étreignant une paire de ciseaux. Je n'étais plus ni triste, ni furieux. Rien. Je me sentais fatigué simplement, usé. Et Denise me regardait. Elle était à côté de mon beau Saint-Antoine, lui faisant face. Des passants, derrière elle, se retournaient. Elle ne devait pas s'en apercevoir. Elle était là. Elle attendait. Elle attendait quoi ? Et toujours pas l'ombre d'une expression.

Là-dessus, derrière moi, j'ai entendu ma femme qui entrait dans le magasin. Je ne me suis pas retourné. Elle s'est arrêtée. Toujours sans me retourner, j'ai dit :

— Cela fait un moment qu'elle est là.

J'avais cru qu'en voyant ma femme, Denise s'en irait. C'est qu'elle ne s'en allait pas du tout. Elle n'avait même pas eu un mouvement. Ma femme s'est avancée. Elle a posé son sac sur le coin de mon bureau.

— Que vas-tu faire ? a-t-elle demandé.

— Que veux-tu que je fasse ?

Nous étions immobiles, tous les trois, ma femme debout, moi assis, le sac, la paire de ciseaux, les meubles, le Saint-Antoine. Et Denise, Denise en face de nous. Rien ne bougeait. Sinon les passants, les voitures, mais si loin. La grande vitrine. Comme un cinéma. C'était d'un bête !

— Il faut pourtant que j'aille faire mes courses, a dit ma femme.

Elle a dit cela sur un ton très raisonnable.

— Attends encore. Elle va s'en aller.

Ma femme est restée là un moment, comme si elle n'était pas trop sûre de ce qu'elle devait faire. Puis elle est rentrée dans l'appartement. Elle avait laissé son sac, un sac noir, assez grand, quelconque mais qui, là, sur mon bureau, prenait des airs de chien de garde. Un quart d'heure plus tard, elle est revenue.

— Comment ! Elle est encore là ? Ça alors !

Furieuse, elle a ouvert la porte. Dans le tintement des tubes, je l'ai entendue qui commençait :

— Mademoiselle...

Puis plus rien, qu'un bruit de voix, quelques mots qui me parvenaient au milieu des rumeurs de la rue. Je les voyais se parler, devant la vitrine, ma femme un peu plus grande, en noir, avec son chapeau. C'était elle surtout qui parlait. D'une manière très calme, je dois dire, avec beaucoup de dignité, presque trop, l'air d'une institutrice, son chignon, son nez droit. Denise répondait sans s'agiter. Elle devait avoir cette voix molle, indécise, qu'elle a souvent. De temps en temps, elle regardait vers la place ou vers la vitrine. Un moment aussi, d'un geste qui semblait machinal, elle a passé le dos de sa main contre la vitre. Moi, j'étais toujours assis derrière mon bureau. J'avais le sentiment que tout cela ne me concernait plus. Ma femme, brusquement, a rompu l'entretien. Elle est rentrée.

— Ce culot ! Elle m'a dit : « Ce n'est pas vous que je veux voir, c'est Jacques. » Comme ça ! Pas gênée. Je lui ai dit : « D'abord je ne vous autorise pas à l'appeler Jacques » (c'est bien ma femme ça. En pleine tragédie, les points sur les *i*) « et ensuite, mon mari n'a rien à vous dire. Tout est clair. Vos comptes vous ont été réglés. » Elle ne m'écoutait pas. Je lui ai parlé de ses parents, de ce qu'ils penseraient s'ils apprenaient ce qu'elle faisait, une jeune fille. Comme si je chantais. Tu sais ce qu'elle a fini par me dire : « J'attendrai que vous soyez sortie. » Un monde, je te jure.

Plantée au milieu du magasin, elle s'est encore

retournée vers Denise, comme si elle n'en croyait pas ses yeux.

— Et mes courses ! Je dois pourtant faire mes courses.

— Ne sors pas, ai-je dit misérablement. Si tu me laisses seul, elle va entrer.

Elle regardait toujours Denise. Laquelle ne nous regardait plus. Les mains dans les poches de son manteau, elle examinait quelque chose dans la vitrine, je me demande quoi.

— Il n'y a rien pour le déjeuner.

— Tant pis.

— Que veux-tu que je donne aux enfants ?

— Et ton mari, il ne compte pas ?

Elle s'est retournée vers moi. Avec une expression... Les femmes, voulez-vous que je vous dise, et les meilleures, il arrive toujours un moment où elles vous lâchent. Elle est allée vers la porte, l'a fermée à clef, a accroché la pancarte : fermé. De l'autre côté de la vitre, Denise suivait la manœuvre.

— Viens ! Elle finira bien par se fatiguer.

Nous nous sommes réfugiés dans la salle à manger, derrière le magasin. J'ai pris un journal. Ma femme, elle, tournait en rond. Elle ouvrait le buffet, mais sans rien y prendre. Elle disposait son panier à ouvrage, mais pour l'abandonner aussitôt. De temps en temps, elle entrouvrait la porte. Son soupir excédé m'apprenait que Denise était toujours là. Ma femme a fini par s'asseoir devant la table. Je la regardais du coin de l'œil. Elle était nerveuse. Nous avions bonne mine, tous les deux, dans notre salle à manger, bloqués, comme des assiégés, comme des inondés, dans notre île à bahuts bretons. Et que pouvions-nous faire ? Un esclandre ? Sur le trottoir ? Nous qui sommes connus dans le quartier. Appeler un agent ? Pour lui dire quoi ? Ce n'est pas un délit, de traîner sur le trottoir. Je l'ai souvent pensé : quelqu'un qui aurait le courage de ne tenir compte d'aucune convenance, d'aucune pudeur ; qui ne respecterait que les lois du Code, non les autres ; qui saurait faire bon marché de la dignité, du respect humain ; quelqu'un enfin qui oserait mettre son âme à nu, ce quelqu'un serait le plus fort. La dignité ! Un piège. Avez-vous déjà calculé ce qu'elle vous a coûté, votre dignité ? Ce que ça coûte d'avoir le dernier mot ? Et si vous aviez pleuré, si vous vous étiez roulé par terre ? Vous deveniez invincible. Votre gêne, elle passait à autrui, à l'interlocuteur. D'un côté, Denise. De l'autre, moi, ma femme, un ménage, mon magasin, le registre du commerce, la considération. Et nous étions battus. Denise gagnait. Elle me forçait à fermer mon négoce. Et encore, ce qui nous sauvait, jusqu'à un certain point, c'est qu'elle n'osait pas aller jusqu'au bout. Elle se serait mise à tambouriner sur la porte, nous aurions bien dû lui ouvrir. Ça fait rêver, quand on y pense. Je le disais à ma femme. Elle n'a pas apprécié. C'était une vue intéressante pourtant. Mais, je l'ai dit, ma femme était nerveuse. Comme je prenais les cartes pour faire une patience, elle me les a arrachées des mains. Il faut dire que ça l'a toujours agacée, les patiences.

A midi, rien n'avait changé. Il nous a fallu manger froid, des boîtes de conserve, du gruyère retrouvé dans l'armoire. L'état de siège, de plus en plus. Ah ! c'était bête, c'était bête ! Sans compter que mes deux aînés l'avaient vue, Denise, en rentrant de l'école, forcément. Ils lui avaient même parlé. Et ils s'étonnaient.

— Pourquoi elle ne vient pas manger avec nous ?

L'aîné, bon petit cœur :

— Elle va prendre froid.

Denise n'avait pas déjeuné. A une heure et demie, elle était toujours là. Ma femme a conduit les enfants jusqu'à la porte.

— Allez vite.

Mais, bien entendu, ils se sont arrêtés pour lui parler, à Denise. Ma femme près de la porte, moi sur le seuil de la salle à manger, comme deux imbéciles, nous les regardions. Les enfants étaient joyeux, animés. Ils racontaient leurs petites histoires. Denise leur souriait. Ma femme piétinait. Vers trois heures, elle est sortie de la cuisine. Je faisais une patience, la grande, toutes les cartes sur la table.

— C'est trop maintenant, me dit-elle. Cela n'a que trop duré. Tu vas sortir. Tu vas l'emmener dans un café et lui parler. Je te donne une demi-heure. Je pense que cela suffira. Tu lui diras que, si elle insiste, nous préviendrons son père.

Je dis : bon. Etais-je heureux ou ennuyé ? Je ne sais pas. Emu, certainement, le cœur battant. Je passe dans le magasin : Denise n'était plus là. Je sors, je scrute le trottoir. Personne.

— Cela vaut mieux comme cela, a dit ma femme.

Mais, le lendemain, tout a recommencé. Vers dix heures, j'étais occupé avec un client (pour une petite table en bois d'amboine, cela faisait deux fois qu'il revenait). Je lève les yeux. Je vois Denise. Devant la vitrine. Dans son manteau de ratine bleue. Je me suis embarbouillé dans mes explications. Le client s'est retourné, il a vu Denise. Il a pris un air goguenard.

— Si je vous dérange...

— Mais non, pensez.

— Je peux revenir...

Je m'empressais, je lui ai même fait un rabais. Il est cependant parti sans l'acheter, sa table. J'ai couru chez ma femme. Pendant la nuit, elle avait dû réfléchir. Sans hésiter, elle a téléphoné à Gaugrand. Très posément, en lui expliquant la situation.

— Qu'est-ce qu'il a dit ?

— Qu'il allait prendre des mesures.

Bon.

Cette fois, Denise est partie avant le retour des enfants.

VI

Prendre des mesures ! C'était vite dit. M. de Gaugrand n'était pas homme à prendre des mesures comme ça.

Si différents qu'ils fussent entre eux, les Gaugrand avaient en commun cette espèce d'ouate dont tous les trois, à des degrés divers, ils avaient réussi à s'entourer. On avait l'impression que les événements, les paroles n'arrivaient pas tout à fait jusqu'à eux, ou qu'ils ne leur arrivaient qu'avec un certain retard et très amortis. Tout comme un autre, M. de Gaugrand avait sa philosophie. Elle reposait sur deux principes qui, à défaut d'originalité, lui paraissaient receler une sagesse infinie. Le premier était : les choses ne sont pas si simples. (Minon accourait : il y a une fuite dans la cave, il faut appeler le plombier. — Une minute, disait M. de Gaugrand, cela n'est pas si simple.) Le second : les choses finissent toujours par s'arranger. M. de Gaugrand disposait, sur ce sujet, de quelques anecdotes dont une ayant trait à un lointain cousin qu'on avait eu toutes les peines du monde à faire mettre sous conseil judiciaire et qui, trois semaines plus tard, avait péri dans un déraillement. Ces deux principes, chez M. de Gaugrand, aboutissaient à la même conclusion : les choses, il vaut mieux ne pas s'en mêler.

Dans ces conditions, on imagine comment M. de Gaugrand avait accueilli la première visite de la femme de l'antiquaire. Elle se plaignait de Denise. A l'en croire, Denise cherchait à séduire son mari, le détournait de ses devoirs.

— Je vois très bien, madame. Je comprends parfaitement. Mais tout cela n'est pas si simple.

D'abord, oui ou non, sa fille avait-elle fauté ? Insuffisamment renseignée, gardant peut-être quelque illusion sur son mari, ou craignant de blesser un père, la femme de l'antiquaire, sur ce point, était restée dans le vague. Gaugrand en avait conclu avec soulagement qu'il ne devait s'agir là que d'une obscure jalousie de femme, péripétie ombreuse, complexe, dans laquelle un homme sensé serait bien naïf d'entrer. Aussi s'était-il contenté de communiquer à Denise, le soir, à table, sur un ton fort ordinaire, qu'elle était congédiée de son emploi, qu'elle n'irait plus chez l'antiquaire. Denise ne dit rien. Mme de Gaugrand non plus qui, son chapeau encore sur la tête, mangeait son rôti de veau avec la hâte de la voyageuse dans un buffet de gare. Minon seule poussa quelques exclamations.

— Mais pourquoi ? Mme Duquesne disait qu'il était si content.

M. de Gaugrand jugea politique de donner une raison simple : l'antiquaire réduisait son personnel. On aura noté au passage un autre trait de M. de Gaugrand : son faible pour les mots vastes, le chauffage pour son poêle rectangulaire, mon courrier pour une carte postale, le personnel pour un magasin qui n'avait qu'une employée ou même, chez le pharmacien, pour une bouteille de teinture d'iode : « Je vous ai rapporté le flaconnage. » C'était chez lui un moyen encore pour sdrétu cfhyp vbgkqj sdrétu elaoinmsdrétu elaoindrdss écarter les choses. Un petit poêle qui ne marche pas, on est sans excuse de ne pas appeler le fumiste. Mais tout un chauffage ! Le problème devient considérable. Permis de réfléchir.

Il faut ajouter que si, à l'annonce de son renvoi, Denise avait éclaté en sanglots ou si elle avait marqué d'une manière quelconque que cette mesure la touchait, Gaugrand, probablement, se serait ému. Il aurait sans doute retrouvé cette minute étonnante de sa vie, ce lundi soir, vingt ans auparavant, où, sanglotante, son petit visage bouilli de larmes, bourrelée de remords, Denise s'était jetée dans ses bras pour lui avouer qu'elle avait, sur un mauvais bulletin, imité sa signature. Minute exquise dont Gaugrand n'avait pas perdu le souvenir. Il espérait fermement qu'un jour Denise aurait un nouveau chagrin qui la jetterait encore dans sdrétu cfhyp vbgkqj sdrétu elaoinmsdrétu elaoindrdss ses bras. Il caresserait ses cheveux sombres, il lèverait vers lui ce visage enfin défait, enfin ouvert. Il aurait un petit peu de tendresse. Hélas ! Denise n'avait pas de chagrins — ou alors elle les gardait pour elle. La décision concernant l'antiquaire, apparemment, ne l'avait pas émue. Dans le courant de la soirée, tandis que Gaugrand et Minon faisaient leur piquet, elle avait même annoncé que, dans ces conditions, elle reprendrait ses leçons de dessin. Gaugrand avait acquiescé. Cela lui paraissait une heureuse diversion. Tout était calme. Blottie près du feu, silhouette transie d'émigrée,

Mme de Gaugrand lisait. A peine posée sur sa chaise, tant le jeu l'excitait, Minon picorait ses levées tandis que Gaugrand ramassait les siennes d'une patte puissante et pensive. Denise était assise près d'eux, un peu plus bas, sur le canapé et, les mains au menton, suivait le jeu. Gaugrand avait même eu une pensée apitoyée pour la femme de l'antiquaire : celle-là, avec ses idées ! si elle savait comme on s'en fout.

Le lendemain, Denise s'était rendue à sa leçon de dessin. Elle y était retournée le vendredi suivant. Les autres jours, elle ne faisait rien. Elle traînait dans la maison, s'affalait dans les fauteuils, prenait un livre, l'abandonnait. Au lieu d'y voir les signes du désarroi, M. de Gaugrand en avait été agacé. Généralement, l'après-midi, sa femme et Denise sorties, Minon ne comptant pas, il était le maître de la maison et pouvait s'y livrer à des occupations puériles dont, dès le matin, il avait la nostalgie : collage de photographies, mots croisés, bridge solitaire (il disposait les quatre jeux sur la table et en avant ! trichant comme un voleur. « Normalement, Sud devrait faire l'impasse et me prendre mon roi. Mais Sud ne joue peut-être pas très bien »). Ces distractions étaient innocentes. Gaugrand cependant ne s'y livrait pas sans un rien de vergogne. Il disait à sa fille :

— Va te promener. Cela te fera du bien. Il fait froid mais sec.

Elle sortait, rentrait dix minutes plus tard. Comment faire un bridge sérieux dans ces conditions ? Bref quand, après une dizaine de jours, Denise avait recommencé à prendre l'autocar du matin, Gaugrand avait été enchanté. Le second tome de sa philosophie se trouvait confirmé : les choses finissent toujours par s'arranger. Sans doute Denise cherchait-elle un nouvel emploi.

C'est dans cette quiétude retrouvée que vint le surprendre le coup de téléphone de Mme Vasselard. « Comment ! Ce n'est pas encore fini, cette histoire ? » M. de Gaugrand était ainsi fait que l'obstination le mettait plus sûrement en colère que n'importe quelle offense. Par exemple, quand il recevait un compte, il se faisait un devoir de payer sur l'heure et sans vérifier. Si, par hasard, il l'oubliait et si alors on lui envoyait un rappel, il se fâchait et ne payait plus du tout. « Il y a quinze jours que cela dure ! » Pour lui, c'était là que commençait l'abus véritable. Il se sentait berné. « Moi qui étais bien tranquille, à ne me douter de rien... » Si Denise avait été là, la scène, certainement aurait été violente. Denise n'était pas là. Denise était à Paris, sur son trottoir. Les mains derrière le dos, l'une des deux, dans sa nervosité, faisant un mouvement de godille, M. de Gaugrand arpentait l'immense salon, s'arrêtait parfois devant une des portes-fenêtres, levait son grand nez, mâchonnait, contemplait pensivement, mais sans le voir, le jardin, en cette saison fort désolé. Jusque-là, comme on l'a laissé entendre, il n'avait pas cru sérieusement que sa fille eût fauté avec l'antiquaire. Ou plutôt il avait tenu cette idée à distance, ne s'en approchant qu'à pas comptés, la prenant tantôt par un bout, tantôt par l'autre. « Ma fille avec un homme ! Mais c'est une enfant. » Ou : « Après tout, elle a vingt-huit ans. Elle aurait eu une petite aventure... » Ces deux idées peuvent paraître contradictoires. N'étant jamais ensemble dans la tête de Gaugrand, elles s'y succédaient sans heurts. Mais que Denise, dix jours plus tard, allât encore relancer cet homme jusque chez lui, voilà, hélas ! qui ne laissait plus aucun doute ni sur la chose, ni sur son importance. Et devant le magasin ! Sur le trottoir ! Se donnant en spectacle ! Sa fille ! Ce trait touchait en M. de Gaugrand un sentiment chez lui plus intact que la vertu : la dignité.

Seulement, Denise n'était rentrée qu'à trois heures et demie. Entre-temps, Gaugrand avait eu à subir diverses épreuves : le rangement du salon par Minon, le passage de Mme de Gaugrand avec sa voiture d'enfant, le déjeuner et quelques observations sur le feu. Cela l'avait exténué. Sa colère s'était usée et les principes avaient eu le temps de remonter à la surface. « Tout cela n'est pas si simple. Si je la heurte de front, elle va se buter... » Denise, en rentrant, avait commencé par rôder dans le salon. Assis, ses grandes mains jointes devant lui, ses deux index contre la bouche, Gaugrand guettait son heure. Enfin, Denise s'assit devant le piano. Elle jouait distraitement, ses doigts ne faisant qu'effleurer les touches, passant d'un air à un autre. Gaugrand soupira, se leva, fit trois pas, posa ses deux mains sur les épaules de Denise. Elle sursauta si violemment que Gaugrand sursauta aussi. Cela commençait mal.

— J'ai à te parler, dit Gaugrand dans une bouffée de colère.

Denise ne se retourna pas, mais il y eut comme un affaissement de tout son corps. Ses mains, d'un mouvement lent, quittèrent le piano, retombèrent sur les genoux. M. de Gaugrand, immobile, regardait les cheveux sombres, la nuque pâle et ployée, la robe grenat. Il y touchait, à la minute exquise, au moment d'abandon. Une gauche tendresse le submergea.

— Tu peux me dire. Tu aurais un...

Il hésita.

— Tu aurais un fiancé, je comprendrais très bien.

Non ! Toujours sans se retourner, Denise avait penché la tête. Sa joue caressait la main de Gaugrand.

— Tu peux me parler, dit Gaugrand éperdu.

Il aurait dû parler lui-même, il le sentait bien. Mais que dire ? Par où commencer ?

— Je comprends bien des choses, dit-il encore.

D'un geste qui avait l'air machinal, Denise avait levé la main droite, la passait sur le piano. Il y eut quelques notes, dans le silence, comme des pierres qui se détachent, qui tombent dans un puits. Malgré son émotion, Gaugrand en fut agacé. Ce piano lui semblait, comment dire ? lui semblait une échappatoire. Denise déjà fuyait.

— Laisse ce piano, dit-il.

Il l'avait dit doucement. Ce fut comme s'il n'avait pas parlé. La main traînait encore sur les touches. Gaugrand se pencha, rabattit le couvercle. Denise déjà s'était levée. D'une brusque torsion de reins, elle s'adossa au piano, fit face, les yeux étincelants. La minute exquise était saccagée, passée, détruite, envolée. Gaugrand eut un mouvement de rage.

— Où es-tu allée ?

— Quand ?

— Cet après-midi.

— A Paris.

— Qu'es-tu allée faire ?

— Cela t'intéresse ?

— Réponds.

— Je cherche du travail.

Quelques répliques avaient suffi : Denise n'avait plus son regard étincelant. Elle répondait distraitement, avec indifférence, appuyée contre le piano, ses mains sur le couvercle, l'une des deux pianotant sur le bois.

— Tu mens !

Rien. Pas un mouvement, pas un sursaut. Un mur. Même pas : un édredon. Gaugrand avait crié pourtant. Le visage de Denise n'avait pas eu un tressaillement. On eût dit un masque, un masque de plâtre où seuls les cheveux avaient l'air vrais.

— Tu mens ! Je suis au courant. Tu as passé la matinée sur le trottoir de la place Saint-Augustin. Comme une grue !

— Mais non, dit-elle.

Et ce ton ! Un ton patient, comme pour un enfant.

— On m'a téléphoné.

Sans relever la tête, elle la tourna vers son père.

— C'est lui qui t'a téléphoné ?

Elle l'avait demandé comme on demande un renseignement insignifiant.

— Non, c'est sa femme. Mais c'est la même chose.

— Tu sais bien qu'elle est folle, dit Denise.

Folle ? Mais non, il ne le savait pas. Cette idée ne l'avait même jamais effleuré. Gaugrand en eut un moment de désarroi.

— Folle peut-être, mais elle t'a vue.

— Comment aurait-elle pu me voir, puisque je n'y étais pas ?

— Ça ! dit Gaugrand.

L'apparente logique de ce raisonnement le décontenançait.

— Elle m'a téléphoné. A ce moment-là, tu y étais.

— Elle a rêvé, dit Denise.

Par la porte-fenêtre, au-delà des brise-bise crème, Gaugrand entrevit le facteur qui avançait d'un pas appuyé. La silhouette se pencha. Une lettre fut glissée sous la porte. Gaugrand attendit un instant. Il ne voulait pas que le facteur le vît se précipiter. Puis il avança. Bien entendu, la lettre était pour Minon. Gaugrand la jeta avec dépit sur un cabaret où gisait déjà un tricot outremer.

— Il m'est difficile de croire..., reprit-il avec ampleur.

Mais Minon accourait. Elle aussi avait aperçu le facteur.

— Tiens, c'est de Mairé, dit-elle. (Minon avait le bon accent. Quant à cette Mary, actuellement sexagénaire, c'était la nièce d'un industriel nantais chez qui Minon avait fait ses débuts. Ne l'ayant plus jamais rencontrée depuis, Minon la voyait toujours en robe rose et cheveux à la catogan.) Mon Dieu ! il y a un liséré de deuil. Qui cela peut-il être ? Pourvu que ce ne soit pas Gisèle ! Vous pensez que c'est Gisèle ? demanda-t-elle à Gaugrand.

— Qui est Gisèle ? interrogea Gaugrand avec une ironie infinie.

— Sa sœur, dit Minon avec impatience. Je vous l'ai dit, que sa santé donnait du souci. Quel coup pour cette pauvre Mairé !

Minon enfin se décidait à ouvrir la lettre. Gaugrand en profita.

— Alors tu prétends que cette femme ment ?

— Elle a rêvé, dit Denise.

Gaugrand était perplexe. Si c'était vrai pourtant ?

— Mon Dieu, c'est Charles ! s'exclama Minon. Ce pauvre Charles ! Une embolie ! Lui qui était si gai ! Il paraît que, dans son bain, il chantait toujours *Rigoletto*. Il ne se doutait pas, certainement. A son âge...

Elle ne l'avait jamais vu, ce Charles. Et lui, probablement, il devait à peine se douter de son existence. Minon, cependant, de sa mort, éprouvait un chagrin véritable. De petites larmes minces coulaient sur son visage ridé. Les deux Gaugrand la regardaient, Denise sans grand intérêt, Gaugrand en fronçant compréhensivement ses épais sourcils.

VII

Le père maintenant ! Cela ne finira donc jamais ? Il y a d'autres hommes, cependant, qui trompent leur femme. Des tas. Des millions. Il ne leur arrive pas tant d'histoires. Mon beau-frère de Pontarlier, quand il est venu, il m'en a raconté jusqu'à demain. J'en étais suif-feux, de ses narrés. Dégoûté. Exténué pour lui. Tout Pontarlier, à l'en croire : les dactylos de son usine, la mercière du coin, la femme d'un horloger, une photographe, la nièce du maire, une ouvreuse de cinéma, est-ce que je sais ! Sa femme est béate. Ne se doute de rien. Un jour, sur son mouchoir, elle trouve du rouge : il a su la persuader que c'était du minium. Une autre fois, ayant dû s'éclipser à la hâte, il n'avait pas remis son slip. Elle a cru que c'était une distraction et elle en rit encore. Tandis que moi, je trompe ma femme une seule fois, une pauvre petite fois, enfin je veux dire avec une seule personne, et on n'arrête pas d'en parler. Ça se prolonge, ça dure, ça surnage, ça ne veut pas périr. Puisque je vous dis que j'ai renoncé, que c'est fini ! Comme si je chantais. Cela m'a assez coûté cependant. Rien à faire ! Ce matin pourtant, en me levant, j'ai eu mon petit Noël : il pleuvait. Je me disais : « Avec cette pluie, même si son père n'a rien fait, cela m'étonnerait que Denise se montre. » Vers dix heures, j'ai ouvert la porte pour jeter un coup d'œil sur la place. Personne. Enfin, on m'entend. Les passants, les voitures, les autobus, Jeanne d'Arc sur son socle, mais pas de Denise. Un peu plus tard, j'ai eu un client. Il s'intéressait aux secrétaires. Ceux que je lui ai montrés ne lui ont pas plu. Puis l'employé de l'électricité, la note à payer. Puis ma femme. Elle allait sortir pour ses courses. Elle avait besoin d'argent. J'ouvre mon tiroir. Et je vois entrer qui ? Je vous le donne en mille. Gaugrand. En personne. L'air de revenir des croisades. Trempé. Le paletot jaunâtre. Comme sa fille, il a eu un regard étonné pour le carillon. Moi pétrifié, assis devant mon bureau, des billets à la main. Ma femme debout.

— Monsieur de Gaugrand ! ai-je dit.

Il a semblé se réveiller.

— Il pleut, a-t-il dit.

J'ai pris ma voix sarcastique.

— Je m'en suis aperçu.

Là-dessus, il a enlevé son chapeau et s'est posé comme quelqu'un qui va faire un discours.

— Madame, hier, vous m'avez téléphoné pour me signaler que ma fille venait jusque sur ce trottoir (d'un geste du chapeau, il l'indiquait) relancer votre mari. Si la chose est vraie, elle est grave. Mais est-elle vraie ?

— Comment ! a dit ma femme.

Le chapeau a eu un mouvement apaisant.

— Ma fille affirme qu'il n'en est rien. Je ne peux pas, à priori, douter de sa parole.

— Ce culot ! a dit ma femme.

Encore un de ses mots. Elle le dit à propos de n'importe quoi. Le prix des poireaux, un passant qui l'a heurtée, un autre qui l'a lorgnée. N'empêche, pour qu'elle n'ait rien trouvé d'autre à proférer, il fallait qu'elle fût décontenancée.

— Alors je suis venu vérifier, a conclu Gaugrand.

Puis, fermement :

— Seulement, il pleut.

Cette explication devait lui paraître suffisante. Son chapeau à la main, très droit, il attendait. J'ai une justice à me rendre : en général, je comprends vite. Je me lève. Je vais vers lui.

— Mais comment donc, monsieur de Gaugrand ! Vous avez fort bien fait. Pour vérifier, vous serez beaucoup mieux ici, au sec. Asseyez-vous.

Je lui tends une chaise, une jolie pièce Restauration. Avant de s'asseoir, il prend soin de la tourner vers la place. Mais voilà ma femme qui prend feu.

— Comment ! Dans le magasin ! Qu'est-ce que je vois ? Ce culot ! Ou se croit-il ?

— Mais puisqu'il vient pour vérifier... On ne peut pas le laisser sous la pluie.

— Il n'a qu'à me croire ! Je suis une mère de famille. Je ne l'ai pas inventé, quand même, que sa fille est venue.

— Mets-toi à sa place.

— Merci bien.

— Si Denise lui a dit...

— C'est une ordure, ta Denise.

— Il aurait pu la croire, elle. Non, il vient vérifier. C'est honnête.

— Mais chez nous ! Dans le magasin. Pourquoi pas une tasse de thé, pendant qu'on y est. En famille !

C'était mesquin, cette discussion. Dans le dos de ce vieux monsieur qui ne disait rien, son chapeau sur les genoux. Je me fâchais, à la fin.

— Mais certainement, une tasse de thé. Pourquoi pas ? Voulez-vous une tasse de thé, monsieur de Gaugrand ? Vous avez dû prendre froid, sous la pluie.

Il me fait signe que non. Ma femme hausse les épaules, violemment, ramasse les billets que j'avais laissés sur le bureau et sort, si brutalement que les tubes en ont brui pendant bien trois minutes.

— Les femmes ! ai-je dit.

— Ça ! m'a rétorqué Gaugrand.

Je l'ai rencontrée une fois, sa femme. Elle ne doit pas être commode tous les jours.

— Vous permettez ? m'a-t-il dit encore.

Il reculait sa chaise jusque dans le fond du magasin.

— Il vaut mieux que je sois dans la pénombre.

— Faites donc, monsieur de Gaugrand.

Il y avait tant de choses que j'aurais voulu pouvoir lui dire. Tout ce que je n'avais pas pu expliquer à ma femme. Ce n'était pas facile. Gaugrand était le père de Denise. Cela faussait tout. J'ai essayé de faire comme s'il n'était pas là. Je furetais dans le magasin. J'ai disposé quelques médailles dans la vitrine. J'ai nettoyé les sabots d'un secrétaire Louis XV. Il est venu un client, aussi. Mais chaque fois que je me retournais, je voyais le regard de Gaugrand posé sur moi. C'est vrai que j'étais dans sa trajectoire. A quoi pensait-il ? A rien probablement. (Erreur, Gaugrand pensait. Il regardait cet homme qui passait et repassait devant lui, ses cheveux rares au travers desquels se devinait la peau rose pâle du crâne, son air important, son menton insignifiant, comme une virgule, et il se demandait par quelle aberration sa fille avait pu lui céder. Il regardait ce sourire entendu, commercial et il en était agacé. Gaugrand ne souriait qu'une fois par semaine : chez la marchande de tabac, qui l'intimidait. Il regardait la cravate de l'antiquaire, faite d'un simple ruban, dernier cri du bon ton et que, lui, il trouvait misérable. « Son magasin a l'air prospère cependant. »)

— C'est par acquit de conscience que je vérifie, a-t-il dit enfin. Elle est venue, n'est-ce pas ?

J'ai dit oui, sur un ton très mesuré, comme à un enterrement.

— Et vous l'avez séduite ?

Vrai, je le jure, j'aurais voulu lui parler à cœur ouvert. Il n'y avait pas moyen. Au père de Denise, je ne pouvais dire qu'une chose : c'est fini, inutile d'insister, j'ai eu tort mais c'est fini. Ma femme avait raison : on n'a pas le droit de s'expliquer. Jamais. Il faut faire comme si. Jouer un rôle. On croit vivre. Ou figure dans un procès.

— Ça, monsieur de Gaugrand, ça dépend comment vous l'entendez. Votre fille était en âge. Je n'ai pas abusé de mon autorité. Ça arrive, ces choses-là.

Je lui faisais face maintenant, à demi assis sur une table, une main dans ma poche, l'air très à l'aise et pas tellement à l'aise, au fond. Ce vieux rocher sur sa chaise, son chapeau sur ses genoux, son grand nez, ses gros sourcils, sa tête de chien fidèle, qu'est-ce que vous voulez, il avait de la majesté. Et son regard. Heureusement encore, de temps en temps, il regardait au-delà de moi, vers la place.

— Vous ne songez pas à réparer ?

— Je ne demanderais pas mieux. Mais comment ?

— En l'épousant.

J'en suis resté pantois. L'épouser ? En même temps, ma stupeur passée, cela m'a fait plaisir. Un plaisir furtif, aigu. Vivre avec Denise ? Tous les jours ?

— Mais, monsieur de Gaugrand, je suis marié.

— Vous pouvez divorcer.

Diable ! Il avait creusé la question.

— Divorcer ? C'est vous qui venez me dire cela, monsieur de Gaugrand... Dans votre milieu...

C'était une bonne réponse, ça, je pense. Pas si bonne.

— Il ne s'agit pas de mon milieu. Il s'agit du vôtre.

Je reconnaissais le bon ton. Le ton des douairières lorsqu'on ne propose que dix mille francs pour un lit dans lequel a agonisé leur défunt. Les points de vue qui s'affrontent.

— J'ai trois enfants aussi.

— Ce n'est pas une excuse.

— Non. Mais c'est une raison.

Là, je gagnais. Trois enfants, que voulez-vous répondre à cela ? Trois chérubins. Innocents. Oh ! ce n'était pas beau, je le sais bien. Est-ce ma faute ? On aime, on a des élans, on navigue dans l'azur. Va toujours. Au bout, il y a un rôle qui t'attend, toujours le même : le rôle du salaud. Ou du délaissé, auquel cas le salaud est en face. Et on parle de ses enfants. Un homme qui parle de ses enfants, neuf fois sur dix, c'est parce qu'il perpètre une ignominie. Il me regardait, Gaugrand. Que pensait-il ? Les vieux murs, quand ils se mettent à penser, cela se passe si loin derrière qu'il est inutile de chercher. Je me suis levé. J'ai encore passé la main sur la table, comme pour une poussière. C'était pour le plaisir de la toucher. Quand j'ai des ennuis, toucher un beau meuble, cela me réconforte. Je me suis assis derrière mon bureau. Je regardais la place. Gaugrand aussi. Il pleuvait toujours, avec des rafales. Les gens penchaient leurs parapluies en avant, tenaient leurs chapeaux. Un fichu temps. Quand il pleut comme ça, c'est rare qu'il y ait des clients. Un moment, animé d'un bon mouvement, j'ai dit :

— Il faudrait la distraire, la faire voyager.

C'est alors que... Un jour, je me trouvais chez une douairière, une vraie, tout ce qu'il y a de douairière, la marquise de Montchenu, oui, la grand-mère de l'alpiniste. C'est dire. Une vieille dame, soixante-dix ans au bas mot, marchant avec une canne, des baleines autour du cou. Elle m'avait convoqué pour me vendre une assez jolie commode, de Crescent fils, belle pièce. J'étais d'accord mais je voulais aussi un cabinet qu'elle avait là, un Boulle, magnifique, relevé de gravure au burin, sur fond d'écaille, des pieds à toupie, superbe, aussi beau que celui du Louvre. Seulement, pour le Boulle, elle ne voulait rien entendre. Alors, suivant ma tactique habituelle, j'ai parlé d'autre chose. On était en quarante-cinq. Ne trouvant rien de mieux, j'ai récité un article que j'avais lu ce matin-là et où il était question d'une femme, une Suissesse qui, à Budapest, lors des combats, avait été violée trente-deux fois. Là, j'ai vu le visage de ma douairière se décomposer. Elle en était hilare. Elle s'en tapait la cuisse. A la lettre, je vous jure. Et elle a dit : « Trente-deux fois ! Quelle corvée ! » Un monde, non ? Eh bien ! j'ai retrouvé la même stupeur lorsque, ma réflexion faite, j'ai vu Gaugrand se tourner vers moi, pencher la tête et se palper le pouce et l'index. J'avoue, j'en suis resté bouche bée. Puis je me suis rattrapé. Je me suis dit : « C'était donc ça ? » J'en éprouvais à la fois du soulagement et une déception. De la part de Gaugrand, je n'aurais pas cru. J'ai ouvert mon tiroir. J'ai pris deux billets de dix mille. Mais Gaugrand s'est soulevé de sa chaise.

— Ah non ! Vous n'y pensez pas.

Sur un ton ! Dans une autre circonstance, je me serais même fâché. Mais une insolence qui vous épargne vingt mille francs, vous me direz ce que vous voudrez, il n'y a pas d'offense. Nous avons recommencé à attendre, lui sur sa chaise, moi derrière mon bureau. La pluie avait diminué. Trois de mes pendules, successivement, ont annoncé qu'il était onze heures.

— La voilà !

C'était moi qui avais parlé. C'était moi qui l'avais vue le premier. Denise était là, de l'autre côté des voitures, attendant pour traverser, la tête tournée vers la droite, son profil, son petit profil... Gaugrand n'avait pas bougé. J'ai cru qu'il ne l'avait pas vue, qu'il ne m'avait pas entendu.

— La voilà, ai-je répété.

Rien. Tranquille. Assis sur sa chaise. Son chapeau sur les genoux. Regardant sa fille, les voitures qui passaient. Denise derrière.

— Vous n'allez pas la laisser entrer, non ?

J'avais peur, moi. Je tremblais de peur, pris entre ces deux sauvages, l'une qui allait entrer, certainement, elle entrerait, je le voyais à toute son attitude, et l'autre qui ne bougeait pas. Je m'étais levé. Les voitures se sont arrêtées. C'était comme un film, derrière la vitre. Denise a traversé. Gaugrand alors s'est levé. Sans me saluer, sans même se tourner vers moi, raide, il a marché vers la porte, l'a ouverte. J'ai vu Denise qui s'arrêtait, le regard fixé sur son père. Elle venait de prendre pied sur le trottoir. Le carillon. Gaugrand avançait. Denise, immobile, l'attendait. Ils se sont rejoints. Ils n'ont pas dû se dire grand-chose. Presque tout de suite, Gaugrand a pris Denise par le coude. Il l'emmenait. Les voitures s'étaient remises à rouler. Ils ont attendu au bord du trottoir, près d'un cycliste qui s'était arrêté pour allumer une cigarette, et qui a regardé Denise, avant de repartir. Je les voyais de dos, l'un à côté de l'autre, disproportionnés, le grand paletot de Gaugrand, Denise, son manteau bleu, sa petite martingale, son parapluie refermé. (Je le connaissais, ce parapluie, il devait dater de Winterhalter. Vingt ans de plus, je l'achetais comme curiosité.) Les voitures se sont arrêtées. Denise et son père ont traversé. Je suis retombé dans mon fauteuil. J'aurais bien pleuré. Pourquoi ?

VIII

Au moment ae descendre dans le metro, M. de Gaugrand s'était ravisé et, pris de pitié à la fois pour sa propre fatigue et pour le pâle petit visage de sa fille, il avait eu un geste vraiment grand : il avait hélé un taxi. Pendant la traversée de Paris, il se contenta de quelques remarques sur la circulation.

— Encore un feu rouge. On nous gâte.

Ou :

— Il y a des gens qui conduisent comme des fous.

Denise ne répondait pas. Après la Porte de Châtillon, Gaugrand ne dit plus rien. Il regardait les maisons à droite. Denise regardait les maisons à gauche. Ces maisons n'appelaient aucun commentaire. La route, de ce côté-là, n'est pas belle. Sauf en un endroit peut-être où, nouvellement tracée et très large, déserte, elle grimpe entre de grands talus jaunes. C'est là que Gaugrand se formula que l'homme, décidément, est bien seul. Dans cette péripétie pénible où il se trouvait, à qui pouvait-il s'ouvrir de son ennui ? A personne. Sa femme ? Minon ? Il imaginait déjà avec terreur les brefs sarcasmes de l'une, les pépiements de l'autre. Elles accableraient Denise. De quel droit ? Denise était à lui, à lui seul. Au-dessus de la route désolée, passaient des fils électriques munis de grosses sphères argentées : une fois de plus, Gaugrand se demanda à quoi elles servaient. Sur la façade d'une église fraîchement construite veillait la statue d'un saint mitré : Gaugrand pensa que les religieux, au fond, avaient raison, pas de maison, pas de famille. Une pompe à essence portait la mention *Energic :* Gaugrand y vit un conseil. Pour l'indécis comme pour l'amoureux, tout est signe. Il aperçut un hôtel famélique et rêva d'une vie errante, sans soucis, sans bagages, sans responsabilités. On arrivait au rond-point du Petit-Clamart : Gaugrand soupira. Comme une bille, le taxi se laissa glisser sur la route qui descend vers Bièvres : Gaugrand décida qu'il lui fallait tout seul régler cette affaire. Ses grands traits gris se rassemblèrent. Au moment de franchir la porte-fenêtre, il rendit son verdict.

— Jusqu'à nouvel ordre, je t'interdis de quitter la maison.

Il ouvrit la porte, laissa passer Denise qui, en le frôlant, leva sur lui, une seconde, son visage.

L'instant qui suivit fut agité. Pensant que ni Denise ni son père ne rentreraient pour déjeuner, Minon n'avait préparé que peu de chose. Elle s'affola, caqueta et, dans son énervement, cassa une assiette. Mme de Gaugrand se livra même à une harangue d'une longueur, pour elle, inusitée.

— C'est ridicule ! Pourquoi n'êtes-vous pas restés déjeuner à Paris ? Tant pis, je me mets à table. Je ne veux pas manquer l'autocar. Et vous étiez ensemble ?

Un soupçon passa dans ses yeux ardoise (ils avaient, de l'ardoise, non seulement la couleur, assez jolie, mais la sécheresse, le coupant). M. de Gaugrand frémit. Son secret allait-il lui échapper ? Dans le regard rapide qu'il échangea avec Denise, il y avait une complicité. Elle lui fut douce. Mme de Gaugrand, du reste, n'insistait pas. Son déjeuner seul la préoccupait. Dotée d'un appétit de globe-trotter, elle n'était pas partageuse. Déjà elle s'asseyait, s'emparait d'une bonne moitié du saucisson sec.

Après le déjeuner, Denise s'assit à côté du feu, ouvrit la radio, subit un bulletin d'information mais, très probablement, sans l'écouter. Denise était parfaitement indifférente aux nouvelles du monde. Puis elle monta dans sa chambre, en redescendit. M. de Gaugrand, qui se tenait à l'affût, la vit mettre son manteau.

— Où vas-tu ?

— Au village. Je n'ai plus de cigarettes.

Gaugrand ne crut pas devoir s'opposer à cette emplette. Il n'osa plus non plus accompagner Denise. « Je ne suis pas un policier. » N'empêche, il était inquiet. A la vingtième minute, il commença à s'agiter. A la vingt-cinquième, Denise rentra. Fin limier, Gaugrand lui demanda une cigarette : Denise en avait un paquet, non entamé. Il est vrai qu'elle pouvait avoir profité de cette sortie pour donner un coup de téléphone. Gaugrand successivement se félicita d'avoir eu cette idée et s'efforça de la rayer. « On n'en finirait plus, dans ces conditions. » Le reste de l'après-midi fut paisible. Denise aida Minon à ravauder des rideaux. Minon égrenait ses souvenirs, de l'autre guerre, quand elle était infirmière.

— Dans ma salle, j'avais un Sénégalais. Un grand garçon, très gentil. Un jour, j'arrive à l'hôpital, je trouve tout sens dessus dessous. Il paraît que mon Sénégalais se promenait tout nu, avec un couteau. Je dis : bah ! à moi, il ne me fera rien. « Comment ! me dit-on, il est tout nu, et votre pudeur ? » Qu'est-ce que ma pudeur venait faire là-dedans ? Un Sénégalais, c'est tout noir. Je n'aurais rien vu. Les gens sont drôles.

Denise ne disait rien. Elle enfilait son aiguille, coupait son fil entre ses dents avec cet air mystérieux, réticent que donnent aux femmes les travaux de couture. Le soir, après le dîner, c'est très sagement qu'elle lut un livre sous la lampe, auprès de son père et de Minon. Gaugrand se sentait comme Napoléon le soir d'Austerlitz. Tout en ramassant ses cartes, il se répétait une phrase dont l'accent martial lui donnait un enivrement intérieur : les dés de fer sont jetés. Elle évoquait pour lui des casques, des bottes, sur un pont d'acier. Il en eut une insomnie, s'endormit assez tard, ne descendit que pour déjeuner. Il déployait sa serviette lorsque :

— Où est Denise ?

Sur la nappe à carreaux bleus n'étaient disposés que trois couverts.

— A Paris, je suppose, dit Mme de Gaugrand qui, déjà, étendait ses deux mains, l'une pour le pain, l'autre pour les hors-d'œuvre, qui étaient des betteraves rouges.

— Nom de...

Sa forte main crispée sur sa serviette, Gaugrand allait se lever. Un regard de sa femme l'arrêta :

— Que va-t-elle faire à Paris ? Elle ne travaille plus.

— Laisse-la donc.

Rien qu'en parlant, Mme de Gaugrand aurait pu abattre un troupeau d'éléphants, tant sa voix exprimait le néant de tout effort. Elle parlait : le monde entier devenait baudruche, squelette, soupir, vague alizée dans de vagues feuillages. Dans ses discours, on l'aura remarqué, Mme de Gaugrand était généralement brève. Souvent même, elle n'allait pas jusqu'au bout de sa phrase. A quoi bon ? Puisque c'était précisément cela, cet à quoi bon, qu'elle voulait exprimer. Bien entendu, elle avait déjà son chapeau et son manteau. Et ses gants à côté de son assiette. Minon arrivait, s'asseyait, déployait en même temps sa serviette et ce que Gaugrand, dans ses moments d'humeur, appelait son clapet.

— Le facteur est rassuré. Il paraît que sa femme ne se dérange pas du tout avec le plombier de Vauboyen. C'était un on-dit. Cela m'étonnait aussi. Le facteur est beaucoup plus robuste. Quoique je me sois laissé dire qu'en amour, le robuste, ce n'est pas ce qui compte. (Minon eut son rire de source.) Ma tante Jeanne Loison-Duprat avait une cuisinière, une belle fille, très grande ; elle se heurtait toujours le front en descendant dans la cave. Eh bien, elle a eu un enfant d'un petit bonhomme rabougri, qui devait d'ailleurs mourir jeune, après l'avoir épousée — le curé était intervenu —, écrasé par une automobile. Le village était indigné. C'étaient des Américains. Ils n'en avaient jamais vu, en

Mayenne, des Américains. Cela n'a pas fait bonne impression. On se demande parfois à quoi tiennent les choses. Il n'en faut pas plus. Ma tante Loison-Duprat m'écrivait que, lorsqu'elle avait demandé à la fille de qui elle était enceinte, savez-vous ce qu'elle a répondu : « Du rétameur, madame. » Elle ne savait même pas son nom. Cela me passe, ces choses-là. On peut toujours demander le nom, il me semble. Vous ne me direz pas que je parle là de choses que je ne connais pas...

Non, les Gaugrand ne disaient rien du tout. Ils n'écoutaient pas davantage. Les bavardages de Minon, depuis longtemps, ne formaient plus pour eux qu'un fond sonore auquel ils ne faisaient plus attention. Elle-même s'en rendait compte et, lorsqu'elle avait quelque chose d'urgent à annoncer, elle prenait soin de changer de voix, de hausser le ton, ou même, parfois, de heurter discrètement son verre. Le regard au loin, ses grandes joues lentement animées par la mastication, Gaugrand pensait à Denise. Mme de Gaugrand, elle, visiblement ne pensait à rien. A part son intervention du début, elle ne proféra, de tout le repas, qu'une seule phrase : « Ces poires sont blettes. » Cette opinion énoncée, elle s'en fut. Son cabas était déjà préparé, posé près de la porte, un cabas de toile cirée, éraillée. En se levant de table, elle n'avait que cela à faire : prendre son cabas au passage. De plus en plus, on se serait cru dans un buffet de gare. Gaugrand et Minon restèrent en tête à tête pour le café. Un moment, telle était sa détresse, Gaugrand pensa se confier à Minon. Mais, la tasse de café à la hauteur des lèvres, Minon s'était lancé au petit trot dans un récit assez diffus, ayant trait à un oncle de sa tante Loison-Duprat, lequel, sous Mac-Mahon, avait épousé une créature rencontrée au café Riche.

— C'est amusant, ces souvenirs, conclut-elle en se levant et en commençant à rassembler les assiettes.

L'après-midi, pour Gaugrand, fut simplement atroce. Bien entendu, sa colère avait fondu, grignotée par le temps, par les assiettes, par Mme de Gaugrand, par Minon et son café Riche. Il ne restait qu'une morne détresse. Où pouvait bien être Denise ? Que faisait-elle ? Etait-elle sur son trottoir, à attendre, comme une malheureuse, sous les affreux regards de cet antiquaire et de sa femme ? Ou avait-elle réussi à arranger un rendez-vous avec le misérable ? Comme tous les gens qui commandent rarement, Gaugrand croyait que son ordre était un acte et que cela arrangeait tout. Son ordre bafoué, il cheminait dans un désert. Il s'était refusé à croire que Denise lui désobéirait. Voilà que l'inimaginable était arrivé. Que pouvait-il encore tenter ? Lui parler ? A elle qui n'écoutait pas ? Lui qui se savait incapable de s'exprimer ? Il essaya de faire un bridge. Impossible. Ce bridge maintenant lui paraissait dérisoire. Jouer, perdre, gagner contre personne ?

— Pourquoi êtes-vous si agité ? demande Minon qui sort de la cuisine. Vous en couvrez des kilomètres, à arpenter ainsi le salon.

Elle fait aussitôt le calcul. Le salon a douze mètres. A raison de cinquante aller et retour... M. de Gaugrand se frotte voluptueusement contre ce ronron qui l'exaspère. Avec bonheur, il sent que sa colère lui revient. Elle pénètre en lui, elle bat dans son sang, elle rassemble son âme défaite, elle se fait vin généreux, alcool, et le ranime. Son flot le soulève. Au fond, M. de Gaugrand était né pour les passions fortes. Sous les auvents de ses sourcils gris, ses yeux sont durs. Une grande scène moutonne dans sa tête, sauvage, coupée de répliques cinglantes, ponctuée de décisions sans appel. La grande scène dut s'effondrer devant ce fait extrêmement simple : Denise rentra en même temps que sa mère. Gaugrand en fut réduit à l'interpeller misérablement dans l'escalier.

— Où es-tu allée ?

Et en étouffant sa voix. C'était lamentable.

— A Paris, dit Denise d'une voix lisse.

Elle s'était arrêtée sur l'escalier, une main sur la rampe. En dessous, le grand visage ravagé de Gaugrand.

— Je te l'avais interdit.

N'aurait-elle pas dû s'effondrer, éclater en sanglots, se révolter ? Elle ne s'effondrait pas, ne se révoltait pas.

— Hier, dit-elle.

Le vestibule était mal éclairé. On ne voyait bien que les deux visages. Ils avaient l'air de rassembler tout ce qu'il y avait de pâle clarté.

— Comment hier ?

— Tu me l'as interdit hier.

Hein ? Pendant un moment, Gaugrand essaya de se rappeler quelle avait été sa phrase. Prêtait-elle à équivoque ? Mais non. Il avait dit : jusqu'à nouvel ordre. Il s'en souvenait parfaitement. Jusqu'à nouvel ordre, cela veut dire...

— Je t'avais dit : jusqu'à nouvel ordre.

— Mais hier.

— Je t'interdis de sortir aujourd'hui, demain, après-demain. Je t'interdis de sortir jusqu'à ce que j'aie changé d'avis. As-tu compris ? Est-ce clair ? Tu ne sortiras pas.

— Oui, dit Denise.

Le lendemain, Gaugrand eut soin de descendre assez tôt. Il disposa un fauteuil près de la porte-fenêtre et s'y installa, en grelottant, la porte-fenêtre laissant passer un courant d'air. Denise ne sortit pas. L'après-midi, Gaugrand lui proposa une promenade. Ils allèrent jusqu'au village. Denise voulait acheter des feuilles à dessiner. La papetière n'en tenait que d'assez petites.

— Pour de plus grandes, il vous faudra aller à Paris.

Gaugrand se voyait déjà pris au piège. Erreur. Denise ne fit aucun commentaire. Ils revinrent par les bois. Denise marchait lentement. De temps en temps, Gaugrand s'arrêtait pour l'attendre. L'après-midi s'écoula sans incidents. Denise s'était emparée du radiateur électrique et elle dessinait dans sa chambre. Vu les circonstances, Gaugrand jugea opportun de ne pas lui faire d'observations sur cet excès de chauffage. Vers sept heures, il alla jeter un coup d'œil sur son ouvrage. Ce n'était pas mal, ce qu'elle avait fait. Le dessin représentait un livre ouvert. Sur la page de droite, une illustration figurant un immense château fort, avec un pont-levis, très fouillé, dans le goût de Gustave Doré. Denise avait même représenté, et assez bien, la feuille de papier transparent, destinée à protéger l'illustration et à demi repliée sur la page de gauche. Gaugrand risqua un compliment.

— C'est bien. C'est bien vu.

A table, pendant le dîner, il en parla. A la demande de Minon, Denise alla chercher son dessin.

Mais le lendemain, jeudi, à l'heure du déjeuner, Denise avait disparu. Ça, Gaugrand en était bleu. Quand avait-elle pu partir ? Il est vrai que, moins méfiant que la veille, il avait vaqué à de menus travaux d'intérieur. Gaugrand passa l'après-midi dans son fauteuil. Lorsque Denise entra, cette fois encore en même temps que sa mère, il ne dit rien. Il avait résolu de changer de tactique. C'est après le dîner seulement que, profitant d'un moment où Mme de Gaugrand était dans la cuisine, d'un ton indifférent, de derrière son journal, il demanda :

— Tu as passé une bonne journée ?

— Oui, dit Denise.

Assise sur le canapé, se mordant la lèvre, elle s'arrachait les peaux des ongles.

— Qu'as-tu fait ?

— Je suis allée au Louvre, puis au cinéma.

— Un bon film ?

— Oui.

— Qu'est-ce que c'était ?

Denise leva les yeux. Devant elle, il n'y avait que le journal déployé.

— *Le train sifflera trois fois.*

Où le donnait-on ?

— Au Marignan.

Un silence. Puis le brusque froissement du journal, Gaugrand levé, son grand visage, une voix étranglée.

— Ce n'est pas vrai ! Au Marignan, on donne *Le Grand Jeu.*

— Alors ce n'était pas le Marignan, dit Denise.

— Tu mens ! Tu n'as pas été au cinéma. Où es-tu allée ?

— Oh ! ces cris, dit Mme de Gaugrand qui revenait.

Dans sa fureur, Gaugrand s'oublia jusqu'à la prendre à témoin.

— Mais regarde ça !

Il brandissait son journal.

— Elle a le front de soutenir qu'au Marignan on donne *Le train sifflera trois fois.*

— Cette discussion est d'un intérêt palpitant, dit Mme de Gaugrand de sa voix décourageante.

M. de Gaugrand eut brusquement l'aspect d'une marionnette dont le montreur vient de lâcher les fils. Quelque chose en lui venait de se briser. Il laissa lentement retomber la main qui tenait le journal. Puis il s'assit. Denise continuait à s'occuper de ses ongles.

Le lendemain, dès huit heures, Gaugrand reprenait la faction près de la porte-fenêtre. A onze heures, Denise ne s'était toujours pas montrée. Gaugrand s'inquiéta. Serait-elle partie par derrière ? Il monta dans la chambre de sa fille. Elle n'y était pas. Gaugrand, accablé, s'assit sur le lit défait. Un bruit de robinet le ranima. Il courut à la salle de bains. Denise y était, en peignoir.

— N'oublie pas que je t'ai interdit de sortir, dit Gaugrand d'un air affairé, air qui, d'ailleurs, en l'occurrence, ne correspondait à rien, à aucun sentiment. Mais, dans son affolement, Gaugrand n'avait pas eu le temps de se composer un visage.

— Oui, oui, dit Denise en fermant le robinet.

Elle l'avait dit sur son ton si indifférent que Gaugrand fronça les sourcils. Il entra, referma la porte.

— Voyons, ma petite fille...

Elle prenait sa brosse à dents. C'était la scène du piano qui recommençait. Gaugrand sut se contenir.

— C'est pour ton bien que j'agis ainsi. Tu le comprends, n'est-ce-pas ?

— Oui, fit-elle.

D'un geste qu'il s'efforça de rendre aussi doux que possible, Gaugrand prit la brosse à dents, la remit dans le verre.

— Tu as encore été place Saint-Augustin, n'est-ce pas ?

— Non, dit-elle.

Elle était assise sur le rebord de la baignoire, les deux mains sur ses genoux.

— Essaie de te reprendre. Cela passera, tu verras.

La salle de bains était hostile. C'est triste, une salle de bains où il fait froid. On a envie de s'en aller. Cela sent l'essuie-main jamais séché. Tout est gluant, humide. Le chauffe-bain était d'un modèle ancien, misérable. Il y avait des traînées brunâtres dans la baignoire.

— Tu l'aimes ?

— Non.

C'était un non indéfini, mou, sans substance, à la fois comme si Denise n'en était pas trop sûre et comme si ce point était dénué d'importance. Le non qu'on répond à qui vous demande si vous aimez la confiture de groseille.

— N'as-tu pas honte ?

Il se pencha. Il aurait voulu l'embrasser. Mais elle

gardait la tête baissée. Gaugrand effleura les cheveux sombres.

— Fais-moi ce plaisir : ne sors pas.

Elle ne sortit pas. Pendant trois jours. Gaugrand déjà se rassérénait. Le quatrième jour, au déjeuner, elle n'était pas là. Il y eut une scène. Puis deux jours encore pendant lesquels Denise ne sortit pas. Le jeudi, elle avait disparu. Ce jour-là, Gaugrand perdit la tête. Il courut à Paris, se posta place Saint-Augustin. Personne. Grondant de rage et d'humiliation, il entra chez l'antiquaire. Ce fut pour y trouver un commis, un jeune homme blond, insignifiant, qui avait l'air de s'en croire.

— Non, monsieur n'est pas là. Il est sorti.

— Et madame ?

— Madame est à Bièvres, avec les enfants.

Dans son désarroi, Gaugrand fit une chose qu'il n'avait plus faite exactement depuis 1939 : il alla au cinéma.

IX

— Où est votre téléphone ? demanda brusquement la femme de l'antiquaire.

— Là, fit Gaugrand en montrant son bureau.

Ils étaient debout tous les deux, l'un en face de l'autre, elle véhémente, lui tremblant.

— Téléphonez.

— Que je...

— Téléphonez ! Vous verrez.

En quinze jours, elle n'était plus à reconnaître. Ce visage si calme, posé, froid, aux traits nets, ce visage était devenu celui d'une folle. D'une de ces femmes sur qui, dans la rue, les gens se retournent. Des cernes obscurs lui mangeaient les yeux. Son profil était devenu plus aigu. Des cavités dans les joues. Une mèche défaite, sur le front. D'un mouvement de lionne, elle alla vers le téléphone, forma un numéro, à petits coups brefs, tendit l'appareil à Gaugrand.

— Demandez à parler à mon mari.

Gaugrand avança, prit l'appareil, demanda. Il reconnut la voix du commis.

— Monsieur n'est pas là.

— Vous ne savez pas où il est ?

— Non, il est sorti. Il ne m'a pas laissé d'instructions.

A côté de Gaugrand, le visage en avant, le menton pendant, l'air d'une idiote, la femme de l'antiquaire le regardait. Elle avança la main, coupa la communication.

— Vous êtes édifié maintenant ?

Elle jetait ses mots devant elle, comme si elle les avait déchiquetés.

— Ils sont ensemble. Il est avec elle. Dans un hôtel.

— Dans un hôtel ? Pourquoi dans un hôtel ?

— Pour faire l'amour, crétin ! hurla-t-elle, d'une voix désaccordée, suraiguë. Vous croyez qu'ils se promènent ? La main dans la main ? Mais je les trouverai. Je la tuerai. Avec mon mari ! La putain ! Jeudi, ils se sont retrouvés. Vous me l'avez dit, qu'elle était sortie jeudi... Puis lundi, puis aujourd'hui. Avec mon mari...

Elle s'effondra dans un des fauteuils rouges.

— Nous étions heureux...

*

Ce soir-là, quand Denise rentra, Gaugrand ne dit rien. Elle s'était assise devant le petit poêle, ses deux mains devant elle, écartées, se chauffant. Après le dîner, la soirée coula lentement. Sous le lampadaire, Gaugrand et Minon faisaient leur piquet. Mme de Gaugrand lisait dans son coin. Denise ne faisait rien. De temps en temps, Gaugrand jetait un coup d'œil de son côté. Elle avait son visage de tous les jours, fermé mais lisse, reposé, eau tranquille, étang sans brise. La pendule du vestibule sonna onze coups. Mme de Gaugrand alla se coucher. Les départs de Mme de Gaugrand étaient toujours les mêmes : on entendait d'abord le claquement sec du livre qu'elle refermait, puis celui des lunettes qu'elle repliait, clic, puis un soupir et enfin son pas décidé tandis qu'elle jetait, comme une pierre, un bonsoir rugueux. Le piquet touchait à sa fin. Denise se retira à son tour. En allant se coucher, elle embrassait, dans les cheveux ou sur le sommet du front, son père et Minon. Généralement, absorbé par son jeu, Gaugrand ne relevait pas la tête. Cette fois, il la releva. Le baiser lui arriva sur la pommette, rapide. Minon gagnait. Elle alla se coucher toute contente, fredonnant dans l'escalier. Gaugrand était seul.

D'abord, pendant un moment, il resta assis devant la table, la main sur le paquet de cartes. Puis il se leva et se mit à marcher de long en large, lentement, le visage droit. Une chaise le gênait. Il la déplaça. Une tuyauterie quelque part vibra. Puis ce fut le silence. Gaugrand éteignit le lampadaire et alla se camper devant le feu, ses mains tendues, les jambes écartées. Il a déboutonné son col aussi. Le miroir n'était plus éclairé que par la lampe trapue posée sur la cheminée. Gaugrand se pencha. Dans le miroir, sur son visage, il y avait des larmes, de grosses gouttes qui glissaient lentement le long des plis épais de ses joues. Des larmes, lui ? M. de Gaugrand les regardait avec stupeur. Sa main droite était sur la cheminée, sa grande main, à grosses veines bleues, avec des taches marron. La main avança, prit un crayon qui se trouvait là, le broya et Gaugrand eut un bref gémissement. Enfin, il éteignit la deuxième lampe, sortit. Le large escalier était assez clair. De grands pans de lune tombaient des fenêtres. Gaugrand monta, sans bruit. Sa main progressait lentement le long de la rampe, qu'elle étreignait d'une poigne nerveuse. Arrivé devant la chambre de Denise, il s'arrêta. Le silence. Sauf le tic-tac de la grande horloge du vestibule. Au bout du couloir, une fenêtre blanche et, devant elle, un carré de lumière sur le parquet, comme un tablier. Gaugrand ouvrit doucement la porte, écouta. La chambre de Denise avait deux portes, séparées par une petite entrée sur laquelle donnait une salle de bains maintenant inutilisée. Toujours très doucement, Gaugrand prit la clef qui était à l'intérieur, la mit dans la serrure à l'extérieur, tourna, les épaules relevées dans son souci de ne pas faire de bruit, emporta la clef, gagna sa chambre.

A peu près une heure plus tard, il en sortit. Il était en chemise de nuit blanche, à galon rouge et sur laquelle il avait passé un imperméable. Il tenait une bouillotte, de caoutchouc rouge. Il descendit dans la cuisine, mit de l'eau sur le réchaud. Cette cuisine était le seul endroit de la maison qui eût apparence humaine. On y respirait l'esprit de Minon. Tout y était en ordre et brillant. Des torchons pendaient, alignés par rang de taille. Sur les murs, il y avait trois calendriers, une reproduction des *Glaneuses* de Millet, une image du Sacré-Cœur, un rameau de buis et une bonne douzaine de cartes postales : la Promenade des Anglais, la pointe du Raz, le Dôme de Florence, l'Alcazar de Séville. L'eau bouillait. Gaugrand remplit sa bouillotte, emporta aussi un verre d'eau, remonta dans sa chambre.

*

Le lendemain, à huit heures du matin, pas encore rasé, le visage terreux, le menton couvert de poils blancs, Gaugrand était dans le jardin. Il passa immédiatement derrière la maison et leva les yeux vers la fenêtre de Denise. Située au premier étage mais le jardin étant en pente, cette fenêtre n'était pas très haute et, par-dessus le marché, une antique vigne haussait jusqu'à elle son tronc noueux. Gaugrand eut l'air d'en tirer une conclusion, alla dans la remise, y déplaça quelques objets sur un rythme de plus en plus agacé, sortit, gagna la cuisine dont une des portes donnait sur le jardin. Il faisait un temps clair, sec et froid.

— Déjà levé ? dit Minon en peignoir rose à ruchés. Qu'est-ce qui vous arrive ?

— Où est le marteau ? demanda Gaugrand accusateur.

— Dans la remise, sur la planche de droite.

Gaugrand regagna la remise. Il en sortit, muni de deux planches qu'il alla déposer sous la fenêtre de Denise, dans les hautes herbes. Puis il alla chercher une échelle, la dressa contre la façade, prit les deux planches, monta. Le marteau dépassait de la poche de son veston Prince de Galles passé. Arrivé en haut de l'échelle, Gaugrand ouvrit un des deux volets, poussa le battant de la fenêtre qui était entrebâillée. Denise était dans son lit, encore endormie, le visage de profil sur l'oreiller, une main devant elle.

— Denise...

Elle ne bougeait pas, Près de son lit, sur une chaise, ses vêtements étaient jetés en désordre, sa jupe noire, son pull-over jaune.

— Denise...

Elle ouvrit les yeux, regarda Gaugrand. Elle n'avait pas remué la tête. Pourtant sa fenêtre ouverte, ce buste sur le ciel...

— Puisque tu t'obstines à me désobéir, j'ai pris des mesures. Jusqu'à nouvel ordre, tu ne sortiras plus de ta chambre. J'ai fermé ta porte à clef. N'essaie pas de te sauver par la fenêtre. Je vais clouer les volets.

Gaugrand attendit un instant. Qu'espérait-il ? Des larmes ? Des promesses auxquelles il aurait encore été tenté de croire ? Mais Denise ne disait rien. La tête sur l'oreiller, l'air d'une bête blottie, elle regardait. Puis, brusquement, très vite, elle rejeta ses couvertures. Plus vite encore, Gaugrand avait rabattu le volet, plaqué une des planches. Denise était de l'autre côté, toute proche. Elle essayait de repousser les volets. Mais Gaugrand pesait de toutes ses forces, toute son épaule appuyée. D'une main tremblante, il prit un clou dans sa poche, se mit à clouer. Un clou, deux clous, trois clous. Une rage le soulevait, une rage aveugle, amère et triste. Un moment, il lui sembla qu'il se clouait lui-même, comme on cloue les chouettes sur les portes des granges. De l'autre côté, Denise appuyait encore, de plus en plus faiblement, comme si déjà elle renonçait. Gaugrand entendait son souffle court. La première planche était clouée, en travers des deux volets. Gaugrand prit la seconde. Les doigts de Denise passaient à travers un des interstices. Gaugrand clouait, clouait et, sur son visage, il y avait une bouillie de larmes, de sueur. A chaque coup de marteau, son menton avait un mouvement bref, affreux. Les volets ne bougeaient plus. On aurait dit qu'ils venaient de mourir. Gaugrand clouait plus lentement. Mais ses doigts tremblaient en ajustant les clous. Il y avait là, chaque fois, un court moment où quelque chose encore semblait palpiter. Puis le marteau intervenait, frappait, écrasait. Gaugrand s'arrêta. Il passa sur son front la manche de son veston. La main de Denise était toujours là, dans l'interstice. Gaugrand regardait ces quatre doigts frêles, blancs, violacés aux jointures. D'un geste mou, il les caressa. La main disparut.

X

Jusqu'à dix heures et demie, il ne fut question de rien. La maison menait son petit train habituel, animée par le seul trottinement de Minon. A neuf heures, il y eut le facteur. Il apportait à Gaugrand le compte du téléphone et à Minon deux lettres dont elle résuma le contenu à l'intention de Gaugrand qui ne l'écoutait pas. Un peu plus tard, en époussetant le salon, elle dit :

— Je vous ai entendu clouer ce matin. Avez-vous arrangé la cage des lapins ?

— Oui, grogna Gaugrand.

— J'irai voir ça, dit Minon avec la mine du coq qui trouve une platée de mil.

Pour éviter d'autres questions, Gaugrand alla se raser, dans la salle de bains. Puis il revint s'installer dans son fauteuil, près du feu. Un soleil maigre pénétrait par les portes-fenêtres. Enfin, vers dix heures et demie, comme sa femme et Minon se croisaient à proximité, Gaugrand se leva, prit la parole.

— Denise restera dans sa chambre.

— Elle est malade ? demanda Minon, déjà très affairée.

Dans la maison, les maladies, c'était l'affaire de Minon. Forte de son passé d'infirmière, elle ne consentait à faire venir le médecin qu'au-delà de trente-neuf de fièvre.

— Non, dit Gaugrand, elle n'est pas malade. C'est une mesure que j'ai dû prendre. J'ai découvert qu'elle avait une liaison avec un homme marié.

— Jésus ! dit Minon.

— Je l'ai mise en demeure d'y renoncer. Elle ne veut rien entendre. Tous les jours, elle court rejoindre cet individu. Il ne me restait pas d'autre solution que de l'enfermer.

A qui était destinée cette explication ? Mme de Gaugrand ne faisait même pas mine d'écouter. Quant à Minon, l'idée qu'elle pût avoir une opinion n'avait jamais, dans la maison, effleuré personne.

— Jusqu'à nouvel ordre, elle ne sortira pas de sa chambre. Minon me préparera un plateau. Je le lui monterai. Vous me donnerez aussi des serviettes. Je vais remettre la petite salle de bains en état.

— Denise est si bébé encore, soupira Minon.

Minon et Mme de Gaugrand, toutes les deux, avaient été élevées en un temps et surtout dans des familles où l'autorité du père était indiscutée et où l'on admettait fort bien qu'à l'occasion elle se fît féroce. Minon avait encore connu la ceinture paternelle, et maniée sans ménagements. Elle avait encore vu son frère fort bien calotté à vingt-deux ans. Au regard de cette ceinture et de ces gifles, il lui paraissait assez bénin que Denise fût consignée dans sa chambre.

Quant à Mme de Gaugrand, malgré le peu de sympathie qu'elle avait pour son mari, elle n'en estimait pas moins qu'il était le chef de la famille, en droit d'agir avec sa fille comme il l'entendait. Ajoutons que l'idée d'une liaison avec un homme marié, c'était exactement ce qu'il fallait pour dresser, tout ensemble, l'âme altière de Mme de Gaugrand et la rigoureuse vertu de Minon. Laquelle, malgré sa hâte de préparer le plateau, prit encore le temps de rapporter un souvenir tiré de sa correspondance et ayant trait à un petit garçon qui, un jour, enfermé par son père dans la cave, s'était mis au soupirail en hurlant : « A l'assassin, on m'étrangle ! » ameutant ainsi tout le quartier.

— Pourvu que Denise n'aille pas en faire autant, dit-elle avec inquiétude, car elle tenait à l'estime du voisinage.

— J'y ai pensé, dit Gaugrand. J'ai condamné les volets.

— Ah bon ! dit Minon avec soulagement.

Pendant tout le reste de la journée, il ne fut plus question de Denise. Mme de Gaugrand revint de ses courses. Un quart d'heure avant le déjeuner, Gaugrand rappela à Minon qu'il fallait préparer un plateau. Elle y avait déjà pensé. Gaugrand le monta. L'après-midi, il s'occupa à ranger ses fiches sur Bazaine. Mme de Gaugrand, elle, comme tous les jours, alla à Paris. Le soir, Gaugrand monta encore le plateau, le redescendit, fit un écarté avec Minon.

Sauf que, trois jours plus tard, exactement, Minon commença à renâcler. Avec son air et ses propos d'oiseau, Minon avait ses duretés. C'était une ingénue, non une tendre. Denise, à ses yeux, était coupable, gravement. Son père la punissait. Minon n'y trouvait rien à redire. Mais elle n'avait pas prévu que cette punition durerait si longtemps. Elle n'en avait pas vu non plus tous les aspects. Sur la foi des propos de Gaugrand, elle avait imaginé un châtiment assez pareil à ceux de sa jeunesse, lorsque, pour des méfaits moins graves qu'une liaison avec un homme marié, on l'envoyait dans sa chambre, parfois même sans dîner. Mais ce n'était pas pareil ! On ne l'enfermait pas à double tour ! Cela ne durait jamais que quelques heures ! Et on ne lui clouait pas ses volets ! Ce dernier trait surtout que, d'abord, dans le feu de l'action, elle avait trouvé habile, maintenant la révoltait. Souvent, dans la journée, elle sortait de sa cuisine, regardait les volets clos, soupirait, hochait son petit profil impérieux. Elle n'osait pas aller cependant jusqu'à appeler Denise.

C'est sur cette question des volets qu'elle finit par entreprendre Gaugrand, un jour, dans la cuisine, comme il attendait qu'elle eût préparé le plateau.

— Et ces volets ? C'est inhumain, de laisser ces volets fermés.

— Vous préféreriez apprendre qu'elle s'est sauvée par la fenêtre, qu'elle est allée Dieu sait où ?

— Elle va manquer d'air.

Gaugrand prit le plateau et, du seuil de la cuisine :

— Ces volets sont à claire-voie.

Le lendemain, Minon se mit sur un autre terrain.

— Et le chauffage ? Elle doit avoir froid.

— Je lui ai laissé le radiateur électrique. Sa chambre n'est pas grande.

— Elle va tomber malade.

— Pour l'instant, elle se porte très bien.

Pendant quelques jours, Minon sembla calmée. Puis sa mauvaise humeur la reprit. La mauvaise humeur de Minon, en général, se traduisait en termes strictement ménagers : elle faisait tout avec brutalité, remuait ses casseroles, jetait les assiettes sur la table, attendant une observation pour exprimer la cause de son courroux. Si, par exemple, c'était sa fenêtre qui ne fermait pas bien et qu'on disait : « Tiens, ce potage à un goût », Minon rétorquait : « Si vous croyez qu'on a le cœur à faire de bons potages quand on a une fenêtre qui ne ferme pas. » Il eût été plus simple, certainement, d'appeler le menuisier. Minon n'était pas simple. Cette fois, cependant, sa stratégie échoua. Malgré le tohu-bohu des assiettes, le crescendo des casseroles et bien que Minon poussât la révolte sournoise jusqu'à ne plus traverser le salon qu'en traînant les pieds, Gaugrand, prudemment, se gardait de formuler la moindre observation. Mme de Gaugrand ne disait rien non plus. On peut supposer qu'elle observait ces escarmouches avec un secret plaisir. Minon finit par perdre patience. Un jour, après le déjeuner, Mme de Gaugrand venant de s'éclipser avec son cabas, elle éclata :

— Ça va durer longtemps, cette comédie ?

Minon et M. de Gaugrand étaient encore à table devant leurs tasses de café respectives.

— Cela durera tant que Denise ne m'aura pas promis de ne plus revoir cet aventurier.

Le terme portait. Minon voyait sa petite Denise entre les mains d'un individu à chapeau de travers, qui la forcerait peut-être à voler dans les grands magasins.

— Il faudrait au moins la faire sortir de temps à autre.

— Elle en profiterait pour aller le rejoindre.

C'est vrai qu'elle avait son petit caractère, Denise.

— Oui, dit Minon.

Elle hésita un instant. Affaissé sur sa chaise, M. de Gaugrand triturait de la mie de pain. Minon prit son courage à deux mains.

— Et vous ne craignez pas qu'à la longue elle devienne... Elle était déjà étrange...

Gaugrand n'avait pas relevé la tête. Il triturait sa mie de pain.

— Et si cet individu lui fait un enfant ? dit-il enfin. Y avez-vous pensé ?

Oui, Minon y avait pensé. Elle connaissait des exemples. Une lointaine cousine, séduite par un Espagnol. Un autre, une jeune fille parfaite, propre nièce d'un notaire. Episodes navrants qui, vingt ans auparavant, avaient consterné l'un la Mayenne, l'autre la Saintonge et qui, rétrospectivement, faisaient encore frémir la sensible Minon.

— Envoyez-la quelque part, loin d'ici.

— Où trouver l'argent ?

Minon renonçait. Le ton de Gaugrand aussi l'avait désarmée. Elle avait cru s'attaquer à un tyran, qui l'aurait durement rabrouée. Elle avait trouvé un homme accablé. M. de Gaugrand lui avait répondu très raisonnablement. En réalité, si courte qu'elle eût été, cette conversation l'avait réconforté. Elle avait été pour lui une halte au milieu de ces jours cruels, où, pas un instant, il n'avait cessé de souffrir. Chaque fois qu'il entrait chez Denise, il espérait la trouver repentante. Il attendait un cri, un geste, des larmes, un soupir. Rien. Denise s'était enfermée dans le silence.

Deux jours plus tard, Minon reprenait l'offensive. Elle essaya de se rallier Mme de Gaugrand. Mme de Gaugrand ne voulait rien entendre.

— Une discussion, des cris, des scènes, merci bien. Denise n'est pas malheureuse dans sa chambre. Elle a des livres, elle peut dessiner. Si j'étais à sa place, je ne m'ennuierais pas une seconde.

Une heure plus tard, au moment du plateau, Minon recommençait :

— Vous avez le droit de punir votre fille. Vous n'avez pas le droit de l'enfermer.

Gaugrand, cette fois, ne répondait pas. Il prenait le plateau, le montait, le redescendait. Minon tournoyait dans sa cuisine, furieuse, frappait ses casseroles sur l'évier, petit coq éperdu, hagard, impuissant. Au plateau du soir, bravement, au lieu d'un pot de crème, elle en mit deux.

— Pourquoi deux pots ? dit Gaugrand.

— Qu'au moins cette enfant soit bien nourrie, rétorqua Minon en le regardant dans les yeux.

Cela devint un rite. Au lieu d'une orange, deux. Au lieu d'une pomme, un compotier. Chaque fois, Minon n'ajoutait ce supplément qu'à la dernière minute, pour en souligner le sens. Gaugrand tantôt haussait les épaules, tantôt se contentait d'un ricanement vague, même pas un ricanement, une sorte de bruit qu'il faisait et qui recelait une nuance plutôt indulgente.

Minon s'enhardit. Elle ajouta des livres, des hebdomadaires. Puis, un jour :

— Laissez-moi lui porter le plateau. Je lui parlerai. Elle m'écoutera peut-être.

— Il n'en est pas question, dit Gaugrand sèchement.

Très sèchement. Devenue habitude, l'incarcération de Denise avait cessé de le faire souffrir. Il s'y était fait. Depuis trois nuits, il ne prenait plus de somnifères. Denise ne voulait rien entendre ? Tant pis pour elle. Pris entre les silences de Denise et les récriminations de Minon, Gaugrand n'éprouvait plus que de l'agacement. Un jour, Minon crut avoir trouvé l'argument massue. Elle attendit le dîner pour l'exposer.

— Les voisins commencent à s'étonner. Cet après-midi, chez la crémière, la femme du maire m'a demandé ce que devenait Denise.

Elle tombait mal. Outre que M. de Gaugrand se moquait de l'opinion des gens, il avait sur ce point sa réponse toute prête.

— Et que lui avez-vous dit ?

— Que Denise était malade.

— Vous avez fort bien fait. Dans quelques jours, si on vous le demande encore, vous direz que nous avons envoyé Denise se rétablir en Bretagne.

— Dans quelques jours ? Vous croyez que je vais supporter ça longtemps ?

Minon avait parlé comme elle parlait toujours, sans regarder personne. Il n'y avait rien d'aussi vif que le regard de Minon. Il furetait partout, passait une continuelle inspection, ne s'attardant sur rien, surtout sur son interlocuteur. Elle était habituée aussi à ce que ses interventions ne fussent suivies d'aucune réponse. Ce jour-là pourtant, le silence lui parut singulier. Elle leva les yeux. Les deux Gaugrand s'étaient arrêtés de manger et la regardaient, Mme de Gaugrand avec étonnement, son mari avec une fureur visiblement à peine contenue. Pour une fois, ils faisaient corps. Minon eut un frisson. Il faut dire qu'ils étaient ainsi, tous les deux, assez effrayants.

— Après tout, c'est votre fille, dit Minon très vite.

Le drame de Minon était simple : parfaitement seule, son frère mort, sa rente viagère étant modeste, elle n'aurait su, quittant les Gaugrand, où aller.

XI

Denise est dans sa chambre. Quelle heure est-il ? Sur le marbre veiné de la table de nuit, il y a un réveille-matin, très quelconque, en acier chromé. Il est arrêté. Du jour passe par les interstices des volets, mais c'est un jour fade, indécis, une lumière d'hiver. La lampe est allumée aussi, une lampe qui pend du plafond, avec un abat-jour de porcelaine blanche. Denise est en peignoir, un peignoir bleu à fleurettes roses, pas très propre. Elle est assise, sur une chaise basse, devant le radiateur électrique. Elle et pâle, d'une vilaine pâleur, où il y a des relents jaunes et des traces cireuses. Sur le devant de son peignoir, en bas, il y a des taches brunâtres. Le radiateur, sans doute. A la longue, ça chauffe, ces petits appareils. Denise est sur sa chaise basse, penchée vers le radiateur. Son visage est désert. Non, le voici qui s'anime, mais peu. Denise se lève. Elle va jusqu'à la fenêtre, prend un des rideaux et soigneusement le déchire. Il était déjà déchiré d'ailleurs, en minces bandelettes, de bas en haut. Mais Denise reprend une à une chacune de ces bandelettes et les déchire encore. Elle a une curieuse expression à ce moment-là, au moment précis où la déchirure commence, une expression aiguë, de plaisir méchant, une expression qui passe très vite, qui s'éteint. Pour reprendre à la déchirure suivante. C'est chaque fois, sur son visage, comme la précaire lueur d'un phare lointain. Elle s'arrête de déchirer. Elle se retourne lentement, regarde la chambre. Près d'elle, il y a une table, assez grande, encombrée de dessins, d'une boîte de couleurs, d'un verre plein d'une eau sombre et où trempent deux pinceaux. Mais le tout est recouvert de poussière. Denise longe la table, revient à la chaise basse, s'assied. Elle écarte le bas de son peignoir. On voit ses genoux, ses cuisses pâles. Elle a la chair de poule, la peau toute grenue. Elle passe ses paumes contre ses cuisses avec force, les épaules relevées. Elle fait une grimace. Sa bouche se crispe. Sa tête frotte contre son épaule. Un affreux ennui, pendant une seconde, s'étire et se débat sur ses traits, la défigure. Puis le visage s'apaise. Denise relève la tête. Un bruit de clef dans la serrure. On entend la première porte qui s'ouvre. Puis la seconde. C'est M. de Gaugrand. Portant le plateau. Il le pose sur une autre table, plus petite, près de la porte. Denise ne bouge pas. Elle a refermé son peignoir. Elle tient ses mains entre ses genoux. Gaugrand prend une chaise, la dispose devant la table.

— Viens, dit-il, cela va refroidir.

Denise ne bouge pas, ne relève pas la tête.

— Comme tu veux, dit M. de Gaugrand.

Il a l'air mal à l'aise, transi. Et puis il est trop grand pour cette chambre. Ce n'est pas qu'elle soit si petite, mais les meubles y sont petits, fragiles. On dirait qu'il s'en rend compte. Il n'ose pas faire un pas. De loin, il regarde la table à dessin.

— Tu as un peu travaillé ?

Elle ne répond rien. Les gros sourcils de M. de Gaugrand ont un tressaillement.

— Tu renonces à cet individu ?

Rien. Entre ses genoux, elle frotte ses deux mains, l'une contre l'autre. Gaugrand sort. On entend la clef dans la serrure. Denise se lève. Elle va jusqu'à la table, s'assied, mange gloutonnement, en coupant de trop gros morceaux et parfois même en les prenant avec ses doigts. Elle se lève, court jusqu'à la fenêtre, l'ouvre, secoue les volets. Les volets tiennent bon. Elle revient lentement, en traînant les pieds. Elle a des pantoufles bleues, éculées, tristes. Comme tout est triste, dans cette chambre. On dirait qu'elle a été, pendant longtemps, abandonnée. Le placard est entrouvert. Denise traîne les pieds. Elle arrive ainsi jusqu'au mur, le regarde, gratte. Un bout de papier peint se détache, un papier peint bleu clair mais piqué de taches noires. Elle arrache une longue bande de papier. Il y a d'autres bandes déjà qui pendent, à tous les murs. Il fait froid. Il y a une courte zone de chaleur devant le radiateur électrique. Ailleurs, il fait froid, humide. Denise continue à arracher des bandes de papier peint. Elle revient vers la table. Elle prend une pomme, la mange à moitié. Dans un coin, derrière le lit, il y a un tas de plumes, grises et blanches. Sur le lit, il n'y a plus d'oreiller. Il n'y a que le traversin. C'est un lit d'acajou, un lit bateau. Il est défait. Les draps sont froissés. Denise frissonne. Elle revient à sa chaise basse, se penche sur le radiateur. Elle articule quelque chose. Elle relève la tête, articule encore. Elle a l'air de chercher. Comme si elle ne trouvait pas le mot ou comme si elle n'en était pas sûre. C'est froid aussi, cette lumière, cette ampoule qui pend du plafond. Une fois de plus, il y a cette affreuse grimace, ce bâillement interne qui lui décompose les traits. Sous son peignoir, elle a une chemise rose. C'est vrai qu'elle a de gros seins, trop blancs. Elle bâille. Son bâillement, pour un moment, lui donne un air repu, satisfait. Dans ses yeux, il n'y a rien. Elle prend un livre. Elle l'ouvre. Elle en déchire les pages, lentement, minutieusement, dans le sens de la hauteur. Chaque page fait sept ou huit bandes. Sur son visage passe l'expression aiguë, comme une crissement d'ongle. On entend parfois une voiture qui passe sur la route. Et le bruit léger, monotone, du papier déchiré.

XII

Ce matin-là, un vendredi, Valmont était arrivé au lycée dans un visible état d'agitation. Dès la première récréation :

— Mes petits vieux, j'ai à vous raconter quelque chose de...

Le menton allongé, la joue creusée, il agitait la main, l'air de quelqu'un qui vient d'entendre siffler un obus.

— Un vrai cas de conscience.

— Mm, dit Rimbaud la mine gourmande. Un cas de conscience. Ch'est bon, cha. Raconte.

— Non, non, c'est trop long. Je demande une réunion.

Le lycée fini, ils gagnèrent le café-tabac de la rue Tournefort.

— Voilà, dit Valmont, les deux bras sur la table, la tête dans les épaules. Je vous préviens que c'est une histoire à peine croyable. Je la tiens d'une vieille demoiselle. Hier...

— Une minute, dit Mazarin. Qu'est-ce que c'est que ce genre ? Un rapport est un rapport. Commençons par le commencement. J'adore les détails. D'où sort cette vieille demoiselle ?

— Mais c'est une demoiselle que je connais, dit Valmont impatienté.

— Ah ! ah ! commença Mazarin. Les belles cravates du sire, c'était donc ça ?

— Mais non ! Pas du tout.

— Quand je pense que ce gaillard-là avait le front de brocarder ma modeste idylle. Pendant ce temps, monsieur s'envoyait des centenaires.

— Laissez-moi continuer, dit Valmont très malheureux.

Rimbaud intervint avec son autorité coutumière, les paupières lourdes sous sa frange de cheveux.

— Nous t'écoutons avec attention, mais le cardinal a raison. Il faut toujours remonter aux origines. D'où connais-tu cette vieille demoiselle ? Elle nous paraît suspecte.

De l'autre côté de la cloison en verre historié, le ding ding ding du billard électrique ponctuait cet échange de vues.

— Bon, dit Valmont. Je m'explique. Mais, à ce train-là, nous n'aurons jamais fini. Vous vous souviendrez qu'au début de cette année scolaire, mon père m'a offert un abonnement aux matinées classiques du Français. Je vous l'ai dit.

— Tu nous l'as dit, reconnut Mazarin. A cette atrocité, nous reconnûmes un vrai père.

— Encore que vous ayez tous les deux le cerveau singulièrement obscurci par vos stupres divers...

Malgré lui, faisant rapport à ses deux amis, Valmont avait repris le ton habituel de leurs discours.

— ... Vous n'avez pas été sans remarquer que, le jeudi après-midi, loin d'être au Français, je m'adonne à la boisson en votre compagnie.

Les jus de fruits disposés sur la table précisaient la portée de ce propos.

— Jusqu'ici, tout se tient, dit Rimbaud.

— Je rappellerai d'ailleurs incidemment que la somme destinée à cet abonnement fut par nous consacrée à des plaisirs variés et notamment à une véritable débauche de pêches Melba.

— Nous nous portons garants de l'existence de ces pêches Melba, dit Mazarin. Elles avaient un arrière-goût de Phèdre et de Britannicus tout à fait délectable.

— Bien, dit Valmont. Seulement mon père, qui aime causer, avait pris l'habitude, le jeudi soir, de m'interroger sur le spectacle. Là, j'aurais été perdu s'il n'y avait pas eu cette vieille demoiselle qui, comme moi, habite Bièvres et qui, pas comme moi, va aux matinées classiques du Français.

— Pour le plaisir ?

— Pour le plaisir.

— Bigre ! dit Rimbaud. Il y a du drôle de monde en Seine-et-Oise.

— Ce qui fait que le jeudi soir j'ai soin de prendre le même autocar qu'elle. Pendant le trajet, elle me raconte la pièce, me cite les acteurs. Cela me permet de faire un brillant exposé à mon père, lequel va dormir content.

— On ne saurait assez se préoccuper du bonheur des pères, dit Mazarin avec onction. Pourquoi ne nous as-tu jamais parlé de cette vieille demoiselle ?

Valmont eut un tortillement des épaules.

— Je trouvais ça un peu ridicule.

— Tu avais tort, dit Rimbaud. Ce trait nous plaît. L'exploitation rationnelle des vieillards est d'une tête bien faite. Alors ?

— J'en viens à l'événement, dit Valmont avec un regard en biais pour un couple qui s'installait dans le café, assez loin heureusement. Hier jeudi, comme toutes les semaines, je retrouve ma vieille demoiselle au départ de l'autocar. Il m'a tout de suite semblé qu'elle était nerveuse, agitée...

— Le fin psychologue !

— Mais enfin elle me raconte la pièce. C'était *Ruy Blas*. Nous arrivons à Bièvres. Au moment de nous séparer, elle m'empoigne par le bras...

Illustrant la chose, Valmont abattit sa main droite sur son avant-bras gauche.

— ... me dit qu'elle doit me parler, qu'il le faut, que c'est urgent et, dans l'obscurité, m'entraîne sur la route de Vauboyen.

— Je vois ce que c'est, dit Mazarin. Le vicomte a été violé dans un fossé et il a besoin de nos conseils pour les taches vertes qui en ont résulté sur son slip.

Cette idée l'égaya. Il eut son rire en trois temps. La tête levée, il avait l'air d'un passereau sous un fraisier, se barbouillant de rosée.

— Voyons ! dit Valmont. C'est très sérieux.

— Continue, dit Rimbaud. Monsieur du cardinal, si vous dites encore un mot, je vous envoie une excommunication majeure dans les gencives.

— Il faut préciser, reprit Valmont, que cette vieille

demoiselle est quelque chose comme gouvernante dans une famille...

— Des amours ancillaires, dit Mazarin. Quelle pitié !

— Silence ! fumier de concile, dit Rimbaud.

— Je puis continuer, oui ?

— Continue.

— Bon. Dans cette famille, il y a une fille que je connais de vue, pas mal, assez provocante, un peu folle, je crois. Quand j'avais quatorze ans, elle me faisait rêver. Cela m'est passé. Or cette fille, paraît-il, est allée s'éprendre d'un homme marié.

— Oh ! oh !

L'exclamation était de Mazarin. Du chef, Rimbaud marqua que, cette fois, il approuvait.

— Le père l'apprend, je ne sais comment. Il se fâche. Il met la fille en demeure de rompre cette liaison. La fille ne veut rien entendre. A bout d'arguments, le père l'enferme.

— Comment, il l'enferme ?

— Oui, dans sa chambre.

— Ça se corse, dit Mazarin en prenant, Dieu seul sait pourquoi, l'accent marseillais.

— Ma vieille demoiselle d'abord s'en fout. Elle trouve ça assez naturel. Il paraît que de son temps, cela se faisait, sous Pépin le Bref. Enfin, elle trouve ça assez naturel pour deux ou trois jours. Mais il y a près d'un mois que cela dure.

— Un mois !

— Il paraît. Et la fille est enfermée à double tour. Ses volets sont cloués.

Valmont avait compté sur ce trait. L'effet dépassa toutes les prévisions. Mazarin avait blêmi.

— Cloués ?

— Exactement.

— Et l'air ?

— Ce n'est pas qu'elle risque de mourir étouffée. Non, elle peut ouvrir sa fenêtre. Mais cela vous donne le ton.

— Cloués ! Les volets cloués ! Où sommes-nous ?

— Toujours en Seine-et-Oise, dit Rimbaud sobrement.

— Alors maintenant ma vieille demoiselle trouve qu'il y a de l'abus, que cela devient criminel. Elle est persuadée que la fille, à ce régime, va tomber malade ou devenir folle. Elle a protesté. Le père l'a envoyée promener. Elle a insisté. Il lui a exprimé fort clairement que, si elle n'était pas contente, elle pouvait s'en aller. Pour elle, à son âge, ce serait le drame. Elle a pensé prévenir la police, mais elle se dit qu'on saurait que c'est elle. Bref, elle voulait me convaincre d'en parler à mon père. Il a jadis soigné la fille. Il se présenterait, il demanderait à la voir. Je lui ai dit tout de suite que ce projet ne tenait pas debout. Je connais mon père. Causeur, mais il n'aime pas se mêler des affaires d'autrui. Ma vieille demoiselle a été la première, d'ailleurs, à me faire observer que le père répondrait sans doute que sa fille n'est pas là, qu'elle est en vacances. Et mon excellent papa n'aurait plus qu'à rengainer son stéthoscope.

— Cela est bien raisonné, dit Rimbaud.

— Là-dessus, convaincue, ma vieille demoiselle me dit : « Il n'y a qu'une chose à faire, c'est que vous alliez, vous, à la police. » Ce projet me paraît aussi mauvais que le précédent. Pourquoi moi ? A quel titre ? A mon âge ! J'aurai droit à un maelström de coups de pied au derrière, non ?

— Une plainte est toujours une plainte, dit Mazarin.

— Non, la police, cela ne va pas, trancha Rimbaud.

— C'est ce que je lui ai dit. Mais elle sanglotait, elle se tordait les mains, elle m'a dit qu'elle était toute seule, qu'elle ne pouvait compter que sur moi. J'ai fini par lui parler de vous. Je lui ai dit qu'à trois, nous trouverions bien quelque chose, que la veuve et l'orphelin, c'était assez dans nos idées...

Valmont regardait ses amis avec une expression à la fois atterrée et anxieuse. Mazarin avait les yeux brillants. Rimbaud, le menton toujours sur la main, était visiblement plongé dans la méditation.

— Epais ! dit-il enfin.

— Il faut trouver quelque chose, dit Mazarin. Cette fille enfermée... Moi, ça ne me va pas.

XIII

Ils étaient à la lisière d'un bois. D'un tout petit bois, traversé en trois enjambées. A une certaine distance, entre les arbres dépouillés, on apercevait la maison des Gaugrand, son clocheton réduit au squelette et les murs, en partie écroulés, du jardin. De l'autre côté, s'étendait une plaine nue, fraîchement retournée, déserte, sauf quelques corneilles. Au loin, sur une hauteur, les masses violettes et les minces troncs blancs des bois de Verrières. Rimbaud était fort séduit.

— C'est que c'est très bien, la campagne ! J'y reviendrai. Je ne connaissais la campagne qu'en été. Je trouvais ça d'un fade ! Cette verdure ! Les zosiaux ! Ce soleil jaune, tout ce beurre ! Un vrai saint-honoré ! L'hiver, c'est autre chose. Un arbre sans feuilles, cela prend une rigueur dialectique...

De ses gros souliers, il donnait des coups de pied dans les mottes de terre où se voyait encore le luisant de la charrue.

— Et ces corneilles ! Animal noir !

— Voici la personne, dit Valmont.

Minon arrivait par un sentier qui montait ferme, nu-tête, rose d'excitation, essoufflée, une feuille morte prise dans ses cheveux roux. Les dryades vieillissent-elles ? Malgré son vieux manteau noir, là, entre les arbres, Minon figurait assez bien une dryade passée. En arrivant, elle jeta un coup d'œil rapide sur les deux garçons qu'elle ne connaissait pas encore et eut son sourire pincé de Voltaire réduit : ils lui plaisaient.

— Je vous présente mes amis, dit Valmont.

Ils se regardaient, avec des sourires hésitants, sauf Rimbaud qui avait son air le plus bougon. Personne ne parlant, Minon se lança.

— D'après ce que m'a dit votre camarade (Valmont et elle s'étaient vus la veille), la solution de la police ne vous plaît pas.

— Non, dit Rimbaud en ponctuant sa phrase du craquement d'une branche dont il voulait se faire une canne.

— Notre ami y est opposé pour des raisons morales, dit Mazarin avec un sourire affable. Ce qui, d'ailleurs, en dit long sur le passé de l'individu.

Peu au fait de la tournure d'esprit du groupe, Minon crut comprendre que, pour l'occasion, Valmont avait poussé la prévenance jusqu'à lui amener un vrai gangster. Avec sa canadienne, sa lippe sévère, ses cheveux sur le front, Rimbaud, il est vrai, donnait à penser.

— Et pour ma part, ajouta Valmont, je crois le procédé peu sûr.

— Opinion personnelle, dit Mazarin qui, juché sur une grosse pierre et dans son raglan gris, composait une silhouette inattendue sur le ciel pâle. Y a-t-il séquestration, oui ou non ?

— Vue de juriste ! dit Valmont. Qui ne tient aucun compte de l'atmosphère, du milieu. Nous sommes dans un village. Notre plainte arriverait chez qui ? Chez un commissaire qui, certainement, connaît M. de Gaugrand, qui le tient pour un homme honorable. Le commissaire ne va pas se jeter là-dedans tête baissée. Il faut se mettre dans la peau des gens. Tu es commissaire. Tu as une fille. Elle te donne des inquiétudes. Toutes les filles donnent des inquiétudes. Tu la vois déjà séduite par un affreux, enceinte d'un escroc, mise dans ses meubles par un Chinois. Là-dessus, tu tombes sur un père qui te dit : « Moi, monsieur, ma fille était sur cette pente-là. Elle avait une liaison avec un homme marié... » A propros, dit-il à Minon, qui est cet homme marié ? Il est de quel genre ?

— Je ne sais pas, dit Minon. Je ne connais même pas son nom.

— Lacune, dit Rimbaud sans se retourner. Grosse lacune.

Rimbaud se désintéressait ostensiblement de la discussion. Ayant abandonné sa première branche, il s'en taillait une autre. De dos, au milieu de ses craquements, il avait l'air d'un ours piétinant son habitat. Minon le lorgnait avec sympathie. Voilà un homme ! Valmont, pour elle, parlait trop.

— Qui donc te dit : « Avec un homme marié, parfaitement, monsieur le commissaire. Vous voyez le péril ? Je n'ai pas voulu d'une fille-mère dans ma famille et, pour quelques jours, je l'ai bouclée dans sa chambre. » Seras-tu indigné ? Pas sûr.

— C'est fini ? demanda Minon insolemment.

Valmont eut ce mouvement des mains par quoi, en

général, on veut faire entendre qu'on s'excuse, qu'on a cru bien faire. Puis, vexé, il mit les mains dans les poches de son manteau à boutons de bois et, se détournant, promena sur la plaine un regard d'incompris.

— Si la solution de la police ne vous plaît pas, reprit Minon, il faut trouver autre chose.

— Mais quoi ? demanda Mazarin avec animation.

— J'y ai pensé, dit Minon qui avait son idée derrière la tête. Voici : au moment où Denise a été enfermée, elle venait de perdre son emploi et elle en cherchait un autre. Vous devriez vous présenter à la maison en disant que vous avez reçu une lettre de Denise, suite à une annonce et que vous lui offrez un emploi. M. de Gaugrand pourrait être tenté. Je pense qu'il regrette sa décision. Il faudrait offrir un très gros salaire. Vingt mille francs, peut-être...

Ayant plus qu'elle les pieds dans le siècle, Mazarin monta immédiatement jusqu'à cinquante mille. Tant qu'on y était... Minon en eut momentanément le souffle coupé. Valmont en profita pour formuler quelques objections : bon, Gaugrand est séduit, l'appât du gain opère, il accepte. Que faisons-nous de Denise ? Où va-t-elle trouver ces cinquante mille francs ?

— Ça, nous verrons bien, rétorqua Mazarin qui semblait avoir pris ce projet sous son aile. Ce qu'il faut, pour le moment, c'est la sortir de sa chambre. Il suffit qu'elle ait quelques jours devant elle. Elle cherchera du travail, puis elle racontera à son père que le premier ne lui convenait pas, qu'il n'était pas dans ses cordes ou que le directeur lui mettait les mains aux...

La présence de Minon lui imposa, *in extremis*, une certaine décence. D'un sourire éclatant, il s'excusa.

— Et s'il la fait descendre et qu'elle déclare n'avoir jamais écrit de lettre ?

— Ah ! ah ! dit Mazarin. Ça, c'est plus sérieux. Le coup de la lettre, ce n'est pas bon... Mais nous pourrions très bien dire que Denise nous a été recommandée par son précédent employeur. Chez qui travaillait-elle ? demanda-t-il à Minon.

— Chez M. Vasselard, antiquaire, place Saint-Augustin.

— Vasselard, parfaitement ! Un de nos bons clients. Il nous a recommandé Mlle de Gaugrand, très chaleureusement...

— S'il la renvoyée...

— Cela n'empêche pas de recommander, dit Mazarin avec assurance. Cela se fait couramment. On flanque à la porte, mais on recommande. Energie pour soi, lâcheté pour les autres, telle est la société.

— Une minute ! dit Rimbaud, son branchage à la main. Si j'ai bien compris, Denise a été renvoyée et enfermée à peu près dans le même temps. Toutes les coïncidences sont possibles, mais celle-là me paraît curieuse. Nous nous demandions comment Gaugrand avait pu découvrir la liaison. Ne serait-ce pas l'antiquaire ? Denise a une liaison, elle néglige son travail, s'absente, reçoit des coups de téléphone. Le patron la surveille, découvre la liaison, prévient le père. Tout se tient.

— Et dans ces conditions, conclut Valmont, il ne l'aura pas recommandée... Et si Gaugrand téléphone à cet antiquaire pour vérifier ?

— Oh ! et quoi encore ? dit Mazarin, les bras en crucifix. Et si Gaugrand, sous nos yeux, se transforme en ornithorynque ? Il faut tout prévoir, mais pas plus... Tiens, ce n'est pas mal, ce que j'ai dit là.

— Pensée politique, dit Rimbaud.

— Eh bien ! c'est parfait, dit Minon qui piaffait. Allez-y.

— Tout de suite ?

Il y eut un mouvement de panique. Tout au plaisir de fignoler le projet, Mazarin et Valmont en auraient bien oublié l'exécution.

— Tout de suite, évidemment.

— Et si on envoyait plutôt une lettre ? suggéra Valmont. Non, ce que je dis est imbécile...

Il allait se lancer dans un discours sur les inconvénients, en l'occurrence, de la lettre ; Minon lui coupa son élan.

— Il faut battre le fer tant qu'il est chaud. Ma tante Jeanne Loison-Duprat a un jour remis au lendemain l'achat d'un canari. Le lendemain, la pauvre petite bête était morte.

— Qui va y aller ? demanda Rimbaud.

— Comment ? Nous n'y allons pas tous les trois ? Mazarin était très déçu.

— Absurde ! On ne se met pas à trois pour offrir un emploi.

Une discussion s'ouvrit. D'abord, pour cette démarche, fallait-il du charme, de la ruse ou de l'audace ? Chacun des trois était censé représenter une de ces spécialités. Mazarin la ruse, Valmont le charme, Rimbaud l'audace. Abordant la question par un autre biais, Valmont fit observer qu'il habitait Bièvres depuis sa naissance et que, dès lors, malgré l'insignifiance de sa personne, M. de Gaugrand pouvait fort bien l'avoir remarqué et le reconnaître. Rimbaud, de son côté, fit valoir que son aspect général le désignait mal pour une mission toute de prestige. Avec ses pantalons effrangés (il leva une jambe et Minon eut un serrement de cœur : elle le voyait vivant dans une mansarde de la place Maubert), pouvait-il représenter une entreprise assez prospère pour offrir à ses employés des traitements de cinquante mille francs ?

— Bon ! dit Mazarin. J'y vais.

Il boutonna résolument son raglan, se frappa les clavicules des deux paumes, aspira encore une bouffée d'air et prit le sentier. Il n'avait pas fait trois mètres qu'il se retournait, l'index levé.

— Et de quelle société vais-je me réclamer ?

— Oh ! tu te noies dans un verre d'eau, dit Valmont toujours très à l'aise quand c'était un autre qui agissait. La Franco-Algérienne des Taxis.

— La Société française des articles de bureau, dit Rimbaud. Douze, rue des Lombards.

— Douze, rue des Lombards, répéta Mazarin.

Il eut un regard sur lui-même.

— Et vous ne trouvez pas que j'ai l'air trop jeune ?

— Tu diras que tu es le fils du directeur. Cela expliquera que tu te présentes un dimanche. Tu passais dans la région, en revenant d'un week-end. Tu as voulu en profiter pour régler cette affaire...

Mazarin fit un geste rassurant, reprit le sentier. Minon soupira, s'assit sur une pierre. Valmont lui sourit. Rimbaud cueillit un champignon, le huma de son gros nez épaté.

— L'odeur exacte du péché, dit-il.

En bas, l'entrevue avait commencé. Pas très bien, à vrai dire. Au seul vu de Mazarin et la porte-fenêtre à peine entrouverte, M. de Gaugrand avait grogné que non, merci, il n'avait besoin de rien, que sa femme n'était pas là et qu'il n'entendait rien au ménage. Assez terrorisé par les dimensions de Gaugrand (de sa propre autorité, il décidait de monter l'offre à soixante mille francs), Mazarin eut cependant le temps d'articuler fermement qu'il ne s'agissait pas de cela et qu'il désirait voir Mlle de Gaugrand, de toute urgence et de la part de M. Vasselard. Gaugrand en fut si étonné qu'il le laissa entrer. Mazarin, la tête perdue, était déjà parti dans son exposé : la Franco-Algérienne des articles de bureau, monsieur, douze, rue des Lombards, excellente maison, fondée en 1868, monsieur, par mon propre grand-père, monsieur, besoin de personnel, apte, capable, compétent, M. Vasselard, Mlle de Gaugrand, très chaleureusement, son intelligence, son sens de l'organisation, soixante mille francs, monsieur, le treizième mois, les allocations familiales, les soins médicaux, l'offre est intéressante, je pense, monsieur. Il en gesticulait. Ses grands yeux noirs lançaient des éclairs. L'orange de son teint avait viré au rouge brique. Sous ce flux de paroles. M. de Gaugrand avait reculé de trois pas. Ce parcours effectué, il retrouva sa présence d'esprit et déclara qu'il était très sensible, très touché, la Franco-Algérienne, bien sûr, mais que sa fille n'était pas là, qu'elle avait été fort malade et qu'il venait de l'envoyer pour un mois en Bretagne.

— Pourrais-je la voir ? demanda Mazarin qui, dans son trouble, n'avait rien compris.

— Je vous dis qu'elle est en Bretagne...

— En Bretagne ! En cette saison ? C'est absurde. La Bretagne ne vaut rien. Il faut la faire revenir.

— Mais... la Bretagne me paraît très indiquée, au contraire.

Sur cette question de Bretagne, il y eut un moment d'embarras. Il faut dire que, sous une autre forme, le désarroi de Gaugrand était égal à celui de Mazarin. Sous ses sourcils en auvent, ses paupières avaient un mouvement bref, mécanique, comme un oiseau nocturne.

— L'air de la mer... commença-t-il.

— Eh eh ! dit Mazarin de plus en plus perdu, mon petit doigt me dit que votre fille est déjà rentrée de Bretagne. Non ?

Il se faisait aguicheur. M. de Gaugrand en eut une bouffée d'indignation.

— Jeune homme ! tonna-t-il. Je n'admettrai pas ! Lorsque je dis quelque chose... Prenez la porte !

— Pour en faire quoi ? rétorqua Mazarin avec pétulance. Du petit bois ?

Et il s'enfuit, pliant le dos sous le claquement furieux, derrière lui, de la porte-fenêtre, mais content de sa réplique. En effet, rapportée aux amis, elle plut. N'empêche, la démarche se soldait par un échec.

— Je le savais, dit Minon avec décision.

— Comment ? dit Mazarin. Si vous le saviez, pourquoi m'avoir envoyé ?

— Je voulais que vous vous rendiez compte. Il vous fallait connaître le personnage. Sinon, vous ne m'auriez jamais crue.

Valmont eut un regard orgueilleux à l'intention de Rimbaud comme pour dire : « Hein ? je vous avais prévenus, c'est quelqu'un ! » Des paupières, Rimbaud approuva.

— Je le connais, vous pensez. Je savais bien qu'il n'accepterait pas. Il est méfiant, entêté.

Ce n'était pas vrai. Minon avait espéré. Mais elle voulait insuffler à ses troupes l'idée que cet échec n'était pas grand-chose, que cette première démarche n'avait été qu'une mesure pour rien, que la partie ne faisait que commencer.

— Voulez-vous bien laisser cela, mauvais garçon, dit-elle à Rimbaud qui faisait mine de mordiller son champignon.

Elle eut son rire léger.

— Il pourrait être vénéneux.

Elle est très étonnante, Minon. Pas du tout abattue, ses sourcils roux hérissés, les yeux brillants, elle a encore l'air d'un petit coq, mais d'un coq de combat, agressif, qui déjà choisit son terrain, aiguise ses ergots.

— J'y ai réfléchi. Cela fait des jours que j'y pense. Il n'y a qu'une solution : Il faut enlever Denise.

Son regard passe rapidement sur les trois garçons et va se poser sur une touffe d'herbe, immobile, palpitant, comme un oiseau.

— Il faut la faire partir, la délivrer. Oh ! j'ai tout mon plan. C'est très facile.

Valmont semblait épouvanté. Dans son émotion, il retira les mains de ses poches et se croisa les bras. Rimbaud, lui, son gros nez épaté au-dessus de son champignon, contemplait pensivement Minon.

— Un enlèvement ! dit enfin Mazarin d'une voix de cave. Mais mademoiselle, vous vous rendez compte ?

— Eh bien ? dit Minon avec feu. Nous n'allons pas laisser cette pauvre enfant prisonnière de ce sauvage ? Vous avez bien vu qu'il est de mauvaise foi, qu'il n'y a rien d'autre à faire.

— Ah ! nous pouvons encore chercher autre chose, dit Valmont.

Minon lui lança un regard si déçu qu'il s'arrêta. Il était son ami. Ce n'était pas de lui que devaient partir les objections.

— Voyons, voyons, dit Mazarin en agitant les mains devant lui. Rassemblons nos esprits. Qu'en penses-tu, toi ? demanda-t-il à Rimbaud dont le silence l'inquiétait.

— Parle toujours, dit Rimbaud, l'air buté, la mine plus somnolente que jamais.

Mais Minon déjà ré-attaquait.

— Vous m'avez bien dit que son père n'avait pas le droit de l'enfermer.

— Pas le droit, je suis formel, dit Mazarin avec un geste coupant de la main à la hauteur de la clavicule.

— Donc, elle a le droit de s'en aller.

— Ah ! de s'en aller, parfaitement. Mais...

— Et donc on a le droit de l'aider à s'en aller.

— Pas par la force.

— Qu'est-ce qui l'empêche de s'en aller ? Des volets fermés. Une nuit, vous venez les ouvrir. C'est tout. On peut ouvrir des volets, il me semble.

— Parce que vous comptez sur nous...

— Sur qui voulez-vous que je compte ? dit Minon.

Elle venait de trouver la phrase-clef.

— Bien entendu, dit Mazarin.

Rimbaud jeta son champignon. Une corneille s'envola.

— Voyons, dit Mazarin d'un air capable. Ne nous laissons pas emporter. Je reconnais que la solution est séduisante. Nous délivrons Denise...

Les mots ont leur magie. « Nous délivrons Denise. » Mazarin ne l'avait encore formulé que comme une hypothèse. Déjà ce n'était plus une hypothèse. Rimbaud avait relevé la tête. Valmont sourit. Denise passait. Valmont avait quatorze ans. Il la suivait de loin. Elle longeait le bois. Un ivrogne l'interpellait, grossièrement. Valmont bondissait. D'un geste grandiose, il balayait le goujat. Denise souriait. Valmont disait des choses... Elle avait un manteau rouge, à cette époque.

— Oui, dit Valmont, il ne reste qu'à la délivrer.

— Ah ! mais pardon, dit Mazarin. C'est précisément la question que je pose. Est-ce la bonne solution ? Une fois délivrée, où ira-t-elle ?

Minon hésita une seconde. Puis, nettement :

— Elle ira rejoindre l'homme qu'elle aime.

— L'homme marié ?

— A cela aussi j'ai réfléchi, dit Minon. Il n'a qu'à divorcer.

Nerveuse, tout son petit visage serré, Minon piétinait soixante-quatre ans de principes.

— Je l'ai blâmée, moi aussi, d'abord. Je n'aime pas ces choses-là. Mais voilà quatre semaines, quatre semaines entières, que Denise résiste, qu'elle refuse de céder. Cela montre bien que c'est un grand amour. Vous êtes trop jeunes. Moi, je suis une vieille fille que personne n'a jamais aimée. Comment pourrions-nous la juger ? Les temps ont changé. Cet homme est peut-être marié avec une créature, avec une mauvaise ménagère. Je sais ce que vous allez me dire sur le divorce. (Ni Mazarin, ni Valmont n'avaient rien à dire sur le divorce. Quant à Rimbaud, il en tenait pour l'amour libre. Par-dessus leurs têtes, c'était à sa tante Loison-Duprat que Minon s'adressait.) Eh bien ! qu'est-ce que vous voulez, il y a des cas... Ma cousine de Guéret avait épousé un dentiste. Un garçon tout ce qu'il y a de bien. Bel homme, spirituel. Un jour, je me rappelle, sa femme se plaignait de l'ennui de devoir faire arranger un matelas. Il a dit : bah ! c'est l'affaire d'un cardeur. D'un cardeur, vous comprenez ? comme si c'était un quart d'heure de temps. Avons-nous ri ! (Elle rit encore, brièvement.) Eh bien, il la battait. Avec sa ceinture. Elle s'est lassée. Elle a divorcé. On l'a bien blâmée, mais elle est heureuse. Et les Gendrin, à Nice ? Pas moyen d'avoir un enfant. Ils étaient dé-ses-pé-rés ! Ils ont divorcé. Elle a des enfants, l'aîné est à Centrale et lui, il voyage, il fait des croisières, l'année dernière il est allé en Palestine. Ils s'aiment, ces enfants. Eh bien, il divorcera avec sa gourgandine. Il épousera Denise. J'irai habiter avec eux. Je m'occuperai de leur bébé.

— C'est cela. Et il entrera à Centrale, lui aussi, dit Mazarin. Vous ne trouvez pas que vous allez un peu vite ?

— Pour moi, c'est tout décidé, dit enfin Rimbaud, l'air de mauvaise humeur, le menton maussade. Il faut délivrer cette fille, et rapidement. Ce Gaugrand est une brute. Je n'aime pas les brutes. Enfin, pas les brutes de ce genre-là. Une liberté est bafouée. Je suis contre. Si je m'écoutais, je découperais à l'instant quelques gourdins dans le taillis et j'irais mettre la demeure du sire à feu et à sang.

— Il vaut mieux la ruse, dit Valmont. Mademoiselle parlait de la nuit.

— Vous pouvez m'appeler Minon...

— Minon parlait de la nuit, reprit Valmont en rougissant.

— Il reste toujours une violation de domicile, objecta Mazarin.

— Il suffit d'ouvrir les volets. Nous n'entrerons pas dans la maison.

— Et les murs du jardin ?

— Tu appelles ça des murs ? s'exclama Rimbaud en les montrant, de loin, entre les arbres. Ils sont tout écroulés, tes murs.

La tête levée, Minon surveillait les trois garçons. Le discours de Rimbaud surtout lui avait infiniment plu. Un vrai brutal !

— En somme, dit Mazarin, il s'agit de faire sortir de chez elle, avec son consentement, une fille largement majeure...

— Correct !

— Après quoi, elle rejoint son homme et l'affaire ne nous regarde plus.

— *Exactly.*

— Il est évident, dit Mazarin, que sous cet angle...

— Je ferai remarquer que nous ne savons toujours pas qui est cet homme, fit observer Valmont avec bon sens.

— Denise le saura, je pense, rétorqua Rimbaud avec un sens meilleur encore. Je préfère d'ailleurs qu'il ne soit pas là. Pour l'action, les adultes, c'est pas fort.

La discussion prit un tour technique. Les solutions de force préconisées par Rimbaud furent rapidement enterrées. Non, cela n'avait pas de sens. Minon fut la première à le souligner, non sans un furtif regret. Il lui aurait assez plu de voir M. de Gaugrand battu comme plâtre. Elle exposa son plan : un certain soir, elle irait furtivement ouvrir la grille (que Gaugrand fermait tous les jours, après le retour de sa femme). Vers minuit, les trois se glisseraient dans le jardin. L'un des trois — Minon proposa Rimbaud — monterait à l'échelle, déclouerait les volets.

— Prends note, dit Rimbaud à Valmont, une paire de tenailles, un ciseau, un marteau.

Denise, avisée par les soins de Minon, aurait préparé sa valise et partirait aussitôt. Valmont fit une objection : à cette heure-là, que trouverait-on comme moyen de transport ? Minon n'avait pas pensé aux moyens de transport.

— Vous prendrez un taxi, dit-elle, et vous le ferez attendre à une certaine distance.

— Le chauffeur va trouver cela curieux.

— C'est enfantin, dit Minon qui, décidément, montrait dans cette affaire beaucoup de sang-froid. En arrivant à Paris, vous changez de taxi.

Mazarin intervint pour proposer la voiture paternelle. A condition de fixer l'expédition à un samedi, la chose était fort possible. Ce jour-là, en effet, ses parents faisaient un bridge, tantôt chez eux, tantôt chez des amis qui habitaient à deux pas et chez qui ils se rendaient à pied.

— Bon, dit Rimbaud. Excellent. L'enfant se présente bien.

Sur quoi et comme si elle n'avait fait que cela toute sa vie, Minon prit un bout de bois et dessina par terre un plan sommaire des lieux. Les trois en prirent note sur des bouts de papier. Il fut convenu en outre que le surlendemain, mardi, jour où le lycée se terminait plus tôt, Minon rencontrerait Valmont, à la fois pour arrêter les derniers détails, pour lui remettre un peu d'argent (taxi, tenailles, etc.) et enfin pour lui donner son portefeuille que, sous couleur de l'avoir trouvé, Valmont irait ensuite lui rapporter. Cela lui permettrait de se faire une idée encore plus précise de la topographie du jardin.

XIV

Du dimanche au samedi, l'affaire put être préparée avec le dernier soin. Les trois garçons étaient aux anges. Ils se retrouvaient au lycée avec des fous rires.

— La tête du père, tu te rends compte !

Délivrer une jeune fille ! Même après trois jus d'ananas, ils n'avaient jamais rien imaginé d'aussi exaltant. Déjà ils la voyaient, s'avançant vers eux, avec une démarche de théâtre, leur tendant ses mains à baiser et sa bouche peut-être à Valmont, un baiser rapide s'entend, uniquement dicté par la reconnaissance, elle en aimait un autre, mais où il y aurait peut-être l'ombre d'un regret. Rimbaud avait déjà rassemblé les outils nécessaires et s'était livré, chez lui, à quelques exercices sur une planche préalablement clouée.

— Jeu d'enfant, assurait-il. J'ai chronométré. Il me faut deux minutes vingt secondes.

Mazarin, de son côté, avait téléphoné à l'Observatoire, prétextant une affaire de feu de camp, et s'y était entendu déclarer que, le samedi suivant, la nuit serait sans lune. S'intéressant tout à coup au destin de ses parents (lesquels, voilà bien les parents, s'en étaient étonnés mais sans chercher plus loin), il s'était fait confirmer que, le samedi, ils iraient pour leur bridge hebdomadaire chez les Griset, ce qui rendait la voiture disponible. Accompagné de Valmont, il avait également retenu une chambre dans un hôtel. Pour une cousine, avait-il précisé, qui n'arriverait que tard dans la soirée, venant de Libourne. Cette question de l'hôtel avait soulevé des discussions.

— Pourquoi l'hôtel ? Ce n'était pas prévu.

— Minon y tient. Elle veut accompagner Denise chez l'homme aimé. Tu comprends bien que, le dimanche, la disparition à peine découverte, elle ne pourra pas quitter la maison. Denise devra attendre jusqu'au lundi.

— Dans un hôtel, il lui faudra s'inscrire. Son père la retrouvera en un clin d'œil.

— Denise est majeure. La police refusera de la rechercher.

Pour en être plus sûr, Mazarin téléphona cependant à la préfecture de police. Mazarin prisait le téléphone et en faisait volontiers le panégyrique. L'anonymat, professait-il, est le dernier refuge de la liberté. La démarche, malheureusement, réussit moins bien qu'à l'Observatoire. Renvoyé, téléphoniquement, de bureau en bureau, Mazarin s'entendit déclarer qu'il lui fallait se présenter en personne. Il étouffa un rire sagace. Sans doute, en ce moment précis, les sbires de la préfecture trituraient hâtivement les tables d'écoute pour savoir d'où provenait la communication. Pas gauche, Mazarin avait téléphoné du bureau de poste de la rue d'Ulm. Inattrapable ! Une fois de plus, le téléphone bravait les institutions oppressives.

*

Craignant que Denise, par son agitation, n'éveillât les soupçons de son pere, Minon avait décidé de ne la prévenir que le dernier jour. Le samedi, elle dut y renoncer. M. de Gaugrand ne quitta pas la maison et, était-ce une idée, Minon eut même l'impression qu'il était singulièrement attentif. « Tant pis, se dit-elle, je ne la préviens pas, cela ira aussi bien. » Dans la soirée, elle fit son piquet avec Gaugrand. Prétextant que, depuis quelques jours, elle dormait mal, elle se prépara une tisane de camomille. Alléché, M. de Gaugrand en réclama sa part et eut droit à deux grandes tasses. A onze heures, il alla se coucher. Minon monta dans sa chambre et se mit à tricoter. Un cardigan rose bonbon. Minon raffolait du rose. De temps en temps, elle jetait un coup d'œil sur le réveille-matin qu'elle avait disposé devant elle, sur la table. A minuit vingt, très calme, elle déposa son tricot, mit son manteau, prit sa torche électrique, éteignit la lumière, descendit doucement et alla ouvrir la grille. La campagne était silencieuse. L'Observatoire n'avait pas menti : la nuit était sombre. Minon gagna la remise, se mit à traîner l'échelle. Comme elle se redressait, elle aperçut deux silhouettes. Elle avança rapidement et faillit pousser un cri de surprise. Valmont s'était noué un foulard sur le visage.

— C'est ridicule, dit Minon de sa voix sèche.

— Je le lui ai déjà dit, fit Rimbaud. Mais les discours sont remis à une date ultérieure. Où est la fenêtre ?

— Là, dit Valmont zélé.

— Vous pouvez y aller, dit Minon. Tout le monde dort.

Ils dressèrent l'échelle. Rimbaud grimpa. Il s'attaqua aux deux planches clouées sur les volets. Le ciseau suffit. Il y eut le cri léger des clous qui cédaient.

— Attention, souffla Rimbaud.

Les deux planches tombèrent dans l'herbe de part et d'autre de l'échelle. Minon posa la main sur le bras de Valmont. Cependant, à quelques mètres au-dessus, Rimbaud venait de s'apercevoir d'un inconvénient sérieux : pesant sur les volets, l'échelle empêchait de les ouvrir. « Voilà le détail, se dit-il avec exaltation, le détail idiot, qu'on oublie et qui fait tout manquer. J'aurais dû faire l'expérience chez moi avec une échelle. » Il redescendit rapidement.

— Qu'est-ce que tu fais ? demanda Valmont affolé.

— Je perfectionne.

L'échelle rectifiée, Rimbaud remonta, ouvrit les volets. Derrière, la fenêtre était entrouverte. Rimbaud n'eut qu'à pousser... Il y eut le vide devant lui... et, de saisissement, Rimbaud manqua tomber. Il y avait quelqu'un derrière lui.

— Laissez-moi passer, dit Minon. Je viens d'y penser. En voyant quelqu'un qu'elle ne connaît pas, elle pourrait s'effrayer.

— Ce n'était pas prévu, dit Rimbaud.

Il y eut un moment d'embarras. Pour laisser passer Minon, il fallait que Rimbaud redescendît et donc que Minon redescendît d'abord.

— Oh ! et puis zut ! dit Rimbaud.

Reprenant l'initiative, il ouvrit toute grande la fenêtre, passa dans la chambre. Il ne voyait rien. Il n'y avait devant lui qu'un bloc d'obscurité.

— C'est moi, dit Minon encore sur l'échelle, les deux mains sur l'appui de la fenêtre.

Sa silhouette grandit. Elle tendit la main. Rimbaud la prit.

— J'y suis, dit-elle.

Puis, vers l'obscurité :

— Pourquoi ne dis-tu rien ?

— J'allume ? souffla Rimbaud.

— Oui.

Rimbaud alluma la torche électrique. Il vit un mur, d'où pendaient des lambeaux de papier. La lumière tâtonna. Brusquement, comme sur un écran, il y eut Denise. Elle était dans son lit, adossée à son oreiller, immobile, l'air, exactement, de l'accouchée trois jours après l'événement, ses deux mains devant elle, sur la couverture.

— C'est moi, Minon. Vite ! Lève-toi.

Minon prit la main de Rimbaud, tourna le rayon lumineux de son côté. On vit son profil aigu, ses sourcils roux qui battaient, le visage ébloui. Elle lâcha la main. Comme ramené par un ressort, le rayon retrouva Denise.

— Qu'est-ce qu'elle a ? demanda Rimbaud étonné.

— Je ne sais pas, dit Minon d'une petite voix désemparée. Denise... Tu m'entends ?

Minon traversa le rayon lumineux, tourna un commutateur. La chambre émergea de l'obscurité, comme un poisson qui saute hors de l'eau. Les meubles fragiles, la chaise au milieu, le radiateur électrique, les bandes de papier peint. Minon s'était penchée sur Denise.

— Nous sommes venus te chercher. Tu vas partir.

Denise sourit, tendit les bras.

— Minon...

Avec une expression câline et comblée, son visage caressait l'épaule de Minon. Son regard rencontra Rimbaud, debout devant la fenêtre, sa frange sur le front, sa lampe électrique à la main que, dans son émotion, il avait oublié d'éteindre. Et Denise sourit, gentiment. Rimbaud sembla se réveiller. Il avança. Minon se retourna. Elle avait les yeux pleins de larmes.

— Mais qu'y a-t-il ? demanda Rimbaud.

— Je le savais ! dit Minon hargneusement. Je le savais...

— Mais quoi ?

— Rien. Ce n'est rien. Elle doit partir. C'est une raison de plus.

Elle avait retrouvé son visage serré, aigu, sa voix sèche.

— Retournez-vous.

Puis, à Denise :

— Lève-toi. Je vais t'habiller.

Rimbaud s'était retourné. La vue du rectangle noir de la fenêtre sembla l'épouvanter. Il revint vers Minon.

— Vous ne l'aviez donc pas prévenue ?

— Non, je n'ai pas pu.

— Mais le temps qu'elle s'habille, je connais les femmes, c'est dix fois plus qu'il n'en faut pour nous faire prendre.

— La valise, dit une voix.

Minon et Rimbaud sursautèrent. C'était Valmont. Il avait été convenu que Rimbaud lui descendrait aussitôt la valise. Ne voyant rien venir, il était monté. Il avait enlevé son foulard. Son visage ahuri apparaissait au niveau de l'appui de la fenêtre, comme posé dessus, pâle, lumineux sur le fond noir de la nuit. Rimbaud alla jusqu'à lui.

— Il y a quelque chose qui ne va pas, dit-il. Elle a dû tomber sur la tête. Je crois qu'il faut renoncer.

— Cela pose un problème, dit Valmont.

Une panique passait. Minon le sentit. D'un geste vif, elle arracha les couvertures, prit Denise par les épaules.

— Lève-toi. Tout de suite.

Rimbaud revenait. Denise était près de lui, en chemise, une longue chemise blanche.

— Nous n'aurons jamais le temps. Mettez-lui seulement un peignoir.

— Et elle arrivera en peignoir à l'hôtel...

— Faisons un paquet de ses vêtements !

— Pour que j'oublie l'essentiel...

Chose étrange : l'action donnait à Minon quelque chose de sarcastique. Tout en parlant, elle avait déjà passé à Denise une combinaison et un chemisier. Là, il y eut un petit miracle. Reprise sans doute par le mécanisme familier, Denise s'animait, s'habillait toute seule, avec une expression appliquée, un bout de langue au coin des lèvres. Elle eut même l'esprit, comme Minon lui tendait une paire de souliers, d'aller en chercher une autre paire dans le placard.

— Voilà, dit Minon. Son manteau. Quelques vêtements de rechange.

Elle en prenait une brassée dans le placard. Une patère tomba sur le plancher, comme une claque. Sauf Denise qui attachait sa jupe, tous s'arrêtèrent, le cœur battant. Rimbaud regardait la porte, l'air boudeur, une main dans la poche, crispée sur son ciseau. Derrière lui, sur l'appui de fenêtre, la tête de Valmont. Mais rien ne bougeait. Le mouvement reprit. Minon avait tiré du placard une valise et y jetait en vrac les vêtements.

— Tenez, dit-elle à Valmont. Descendez ça.

Valmont prit la valise, disparut. Minon se tourna vers Rimbaud.

— Vous, faites descendre Denise.

Mais Denise, très à l'aise, son sac à la main, montait sur l'appui de la fenêtre, tâtait du pied l'échelle, descendait. Valmont devait raconter plus tard qu'en arrivant en bas, Denise lui avait tendu la main avec un sourire affable. Etonné, Valmont avait joint les talons, s'était présenté.

— Ouf ! ça va mieux, dit Rimbaud.

— Vous verrez. C'est une bonne petite, dit Minon. Elle s'était endormie. Elle n'a pas compris tout de suite.

L'émotion passée, pris d'une mollesse, ils s'attardaient.

— Passez, dit Minon. J'éteins la lumière.

Déjà sur l'échelle, Rimbaud regarda encore la chambre. C'était étrange, ce cube lumineux, voguant dans la nuit, le lit défait, les couvertures jetées, la chaise solitaire. Et Minon, la main sur le commutateur.

— Bon ! dit Rimbaud lorsque Minon, à son tour, eut touché terre. Excellent ! Je crois qu'il ne reste plus qu'à nous en aller.

On eût dit qu'il le regrettait. Il leva les yeux. Au milieu de la façade, la fenêtre faisait un trou noir.

— Tiens, j'ai oublié de refermer les volets.

— Qu'est-ce que cela peut te foutre ? dit Valmont.

— C'est juste. Allons, prends la valise et emmène Denise. Je vous rejoins.

Il empoigna l'échelle.

— Il vaut mieux la ranger.

— Je le ferai, dit Minon.

— Mais non, pensez.

Elle le conduisit jusqu'à la remise. Les grandes aventures réservent toujours des surprises. Dans la chambre, c'était Minon qui avait repris le flambeau du sang-froid échappé des mains de Rimbaud. Dans l'obscurité humide du jardin, c'était l'inverse. « Je suis un type dans le genre d'Antée », se formula Rimbaud.

— Partez maintenant, dit Minon.

— Oui, dit Rimbaud.

Puis doucement :

— Au revoir, Minon.

Mais il ne partait pas.

— Au revoir, grand garçon.

Son air buté, son menton lourd. Et elle, son petit profil aigu dans l'ombre. Rimbaud prit la main de Minon, la passa contre sa joue, la paume ouverte.

— A bientôt.

— Oui.

Pour la rassurer, pour la faire rire, il partit en se dandinant, comme un gros ours. Il se retourna. Il n'y avait plus que l'obscurité. Près de la grille, il rejoignit Denise et Valmont.

— Alors ? Comment prend-elle la chose ?

Le silence de Denise incitait à parler d'elle comme d'une absente.

— Bien, je crois, dit Valmont.

Rimbaud prit sa lampe électrique, l'alluma, traça une croix. On entendit un bruit de moteur. Tous phares éteints, la voiture approchait. Elle s'arrêta.

— *Adios*, dit Valmont. Téléphonez-moi demain matin.

La voiture repartit. Valmont s'enfonça dans l'obscurité. Cent mètres plus loin, il s'arrêta, se croisa les bras et, interpellant la nuit silencieuse, il proféra :

— Tu parles !

Cependant, arrivé au rond-point du Petit-Clamart, Mazarin avait arrêté la voiture. Il se retourna. La valise sur ses genoux, Rimbaud avait son expression habituelle, de brute endormie. Denise souriait. Un sourire mystérieux, entendu.

— Alors ? dit Mazarin. Ça va ?

— Dans la poche, dit Rimbaud. Mais l'Ophélie n'est pas très causante.

Mazarin se mit à rire, démarra.

— Maintenant, il s'agit de penser au code de la route, dit-il. Sans permis de conduire, à nos âges et avec une demoiselle enlevée sur la banquette arrière, nous sommes bons pour la chaise électrique.

XV

M. de Gaugrand avait bien entendu un peu de bruit. Un moment, il crut même qu'on lui volait ses lapins, trois pauvres lapins qui végétaient dans la remise. Il préféra ne pas bouger. Une nuit, pendant la guerre, ayant ouï du remue-ménage, il était descendu dans le jardin pour y être fort bien malmené par trois individus venus lui voler ses pommes de terre et qui, loin d'être terrifiés, n'avaient déguerpi qu'en emportant leurs sacs déjà remplis. Depuis, et sans fausse vanité, M. de Gaugrand professait que, lorsqu'on entend du bruit, le plus sage est de rester dans son lit. En prêtant l'oreille, il crut d'ailleurs discerner que le bruit venait de la chambre de Denise, ce qui acheva de le rassurer. Depuis qu'elle était enfermée dans sa chambre, dormant parfois tout l'après-midi, Denise vivait à point d'heure (expression empruntée au vocabulaire des Gaugrand) et il arrivait qu'en pleine nuit on l'entendît remuer une chaise ou une table.

Le lendemain matin cependant, assez tôt, repris d'une inquiétude, M. de Gaugrand alla inspecter la remise : les lapins étaient toujours là, broutant leur sainfoin. Parfaitement rassuré pour le coup, Gaugrand n'eut même pas l'idée de lever les yeux vers la fenêtre de Denise. Le temps était assez agréable. Gaugrand fit quelques pas dans le jardin, huma un peu d'air, trouva un fort bon bout de bois qu'il alla ranger dans la remise et enfin pénétra dans la cuisine. Minon déjà s'y affairait.

— Et le plateau ?

Minon sursauta. La bouilloire qu'elle tenait heurta le bord de l'évier et M. de Gaugrand en éprouva du plaisir. Encore un trait de son caractère : M. de Gaugrand adorait faire peur. Si, dans un chemin désert, il rencontrait un enfant ou une vieille femme, il fronçait les sourcils, crispait son visage, mâchonnait furieusement, jamais si content que lorsque, en le croisant, la vieille femme ou l'enfant peureusement s'écartaient. Lui qui ne se mêlait jamais du train de la maison, il avait, quelques années auparavant, lutté pied à pied pour que l'on conservât une femme de ménage, véritable demeurée, généralement saoule dès dix heures mais qui, si Gaugrand lui surgissait dans le dos, poussait des cris d'épouvante. Ce travers avait du bon : tout au plaisir inédit d'avoir effrayé Minon, Gaugrand ne tira aucune conclusion de ce que, contrairement à tous les us, le plateau de Denise ne fût pas encore prêt. De son côté, furieuse de cet oubli qui pouvait la trahir, Minon s'agitait, bredouillait. Gaugrand crut qu'elle lui reprochait d'être descendu trop tôt et finit par s'excuser. Le plateau enfin prêt, Gaugrand le prit, traversa le salon, gagna le vestibule.

Et Minon eut une sueur froide. Elle se regarda dans le petit miroir qui surmontait l'évier : elle était livide.

— Non, non, articula-t-elle avec force.

Près de défaillir, elle alla dans le salon, se laissa tomber sur une chaise, devant la grande table. Le petit déjeuner était déjà servi. Machinalement, Minon prit une biscotte, la beurra. Sous le couteau, la biscotte crissait. Cela lui parut un bruit effrayant. N'y tenant plus, Minon se leva, s'approcha de la porte qui donnait sur le vestibule. Elle entendit encore la clef dans la serrure, la porte qui s'ouvrait. Puis, plus rien. Elle imaginait Gaugrand au milieu de la chambre, son plateau entre les mains, la fenêtre ouverte, les volets béants... Elle attendait des cris, un dévalement d'escaliers, le tonnerre, l'éclat, la foudre. Mais non ! Rien. Le silence. Un silence qui n'en finissait plus. Minon était toujours près de la porte, une main tenant sa biscotte, l'autre crispée sur les ruchés de son peignoir rose. Un avion passa, très près. Puis Minon entendit la porte qui se rouvrait. Rapidement elle trottina jusqu'à la table, s'assit. Gaugrand descendait l'escalier. On entendait son pas, son pas de toujours, lent, y compris le craquement habituel de la troisième marche. Minon se tenait très droite. Dehors, il y avait le jardin, tranquille, un peu de soleil. Gaugrand entra. Minon ne leva pas les yeux. Elle se beurrait une nouvelle biscotte. Gaugrand s'assit. Minon n'en pouvait plus. Pour achever de beurrer sa biscotte, elle dut la poser sur la nappe. C'est alors qu'elle vit la main de Gaugrand, qui avançait vers le paquet de biscottes, cette main énorme, les grands doigts noueux et jaunis, les taches marron, la chevalière. Cette main tremblait. Le papier du paquet de biscottes semblait secoué par une tempête. Gaugrand n'arrivait pas à dégager sa biscotte.

Puis l'autre main a avancé vers le beurrier. Minon fit un effort, leva les yeux mais pas vers Gaugrand, devant elle. Elle mangeait. Gaugrand mangeait. Les regards ne se croisaient pas. Il n'y avait que le bruit des biscottes. Et la pendule, sur la cheminée. Enfin Minon dit :

— Le facteur est-il déjà passé ?

M. de Gaugrand ne répondit qu'après quelques secondes.

— Il n'y a pas de facteur. Nous sommes dimanche.

*

Une demi-heure plus tard, Minon était dans sa cuisine lorsqu'elle entendit le pas de M. de Gaugrand. Le pas de M. de Gaugrand se reconnaissait de loin. Il était lent, lourd, un peu traînant. Aucun rapport avec le martèlement décidé de sa femme. Le pas se rapprochait. Toute sa peur lui revenant, Minon se tourna vers la porte, le buste en arrière, prête à se défendre. La porte s'ouvrit, poussée par un coude. Gaugrand entrait, en biais. Il tenait le plateau. Le plateau était vide. Enfin, on m'entend : les biscottes avaient disparu ; le beurre, il n'en restait qu'un bout. Minon ne dit rien. Elle eut la force d'avancer, de prendre le plateau des mains de Gaugrand. Gaugrand sortit, sans un mot. Minon posa le plateau sur la table, le regarda. Le plateau était sans mystère. C'était le plateau de quelqu'un qui a déjeuné, rien d'autre. Minon prit la tasse, la souleva. La tasse ne révélait rien. Elle était salie, il y restait un fond de café au lait, du sucre.

Et Minon, pendant quelques instants, douta de sa

raison. Avait-elle rêvé ? Cette nuit, tout avait été si étrange... Denise... Ce garçon... Et ce plateau maintenant, ce plateau sur la toile cirée blanche. Un beau plateau d'ailleurs, d'argent, à manches noirs. Minon brusquement porta la main à la bouche, se mordit la jointure de l'index. Elle aurait voulu crier, appeler (mais qui ?), sangloter (mais pourquoi ?). Puis elle ouvrit un petit placard sous l'évier, prit un baquet d'épluchures, sortit dans le jardin, alla vider le baquet dans la poubelle. D'un air distrait, elle regardait la maison. Les volets de Denise étaient fermés mais les deux planches arrachées gisaient dans l'herbe. Non, Minon n'avait pas rêvé. Denise était bien partie. Mais alors pourquoi ? Pourquoi ce silence ? Pourquoi le plateau ? Elle renonça à la messe. Non, elle ne pouvait pas sortir. Elle ne pouvait pas quitter la maison. Quelque chose d'affreux y couvait. Quelque chose de redoutable s'y perpétrait. C'est à peine si Minon osa quitter sa cuisine pour aller s'habiller. Elle le fit rapidement, la tête perdue. Sa cuisine lui semblait son seul refuge, son carrelage rouge et blanc le seul lieu encore sûr. Vers midi, Minon prépara le plateau. Lorsque Gaugrand vint le chercher, elle sut même trouver assez d'énergie pour se livrer à sa bravade rituelle. La veille, pour tromper son énervement, elle avait préparé une tarte aux pommes. Elle en mit deux quartiers, leva les yeux, regarda M. de Gaugrand. Comme tous les jours, M. de Gaugrand eut son haussement de sourcils, indulgent.

XVI

— Et à trois heures, il l'a redescendu. Vide. La nourriture avait disparu. La viande. La tarte aux pommes. Mais enfin qu'est-ce que cela veut dire? Quel sens cela a-t-il ? Ce plateau qui monte, qui descend...

Tout le beau sang-froid de Minon s'était envolé. Elle trottinait sur la route à côté de Valmont, agitée, hochant la tête sous son chapeau à drapé ponceau, le secouant d'un mouvement bref, saccadé, comme le coq qui vient de trouver un ver. Valmont, lui, se montrait moins fébrile. Denise était sauvée. Denise était en lieu sûr. Après cela, pour lui, les plateaux pouvaient bien circuler. Puis il avait mal dormi. L'émotion des grandes aventures... Il bâillait, se passait la main sur la figure.

— Franchement, je ne vois pas, dit-il.

Il avait été convenu que, pour se donner les dernières nouvelles de l'expédition, Minon et lui se seraient retrouvés le dimanche, à quatre heures, sur la route derrière l'église. C'est une route tranquille, étroite, bordée de jardins et de vieux murs rugueux.

— Vrai, reprit Valmont, si je n'avais pas vu Denise

de mes yeux, je me dirais que, par mégarde, nous avons enlevé sa mère. Ce ne serait pas mauvais, tiens.

Il eut son rire pointu, prolongé. Hu hu hu.

— Ou peut-être que vous ne le nourrissez pas assez, M. de Gaugrand. Il profite de l'occasion.

— C'est idiot, dit Minon sèchement.

— Oui, dit Valmont.

— La vérité, c'est qu'il ne veut pas m'avouer que Denise est partie. Il veut le cacher. Pourquoi ?

— Comment le savoir ? dit Valmont toujours assez indifférent. Les vieux ont de ces idées. Cela cache quelque chose certainement. Mais quoi ? Il devra bien vous le dire un jour, que Denise s'est sauvée... A moins...

Il s'arrêta, les yeux écarquillés, la bouche ouverte, l'air si stupéfait que Minon, machinalement, jeta un coup d'œil vers le bout de la route.

— Nom de nom ! dit Valmont d'une voix qui revenait de loin.

Il se retourna. La route était déserte.

— Vous êtes sûre qu'il ne vous a pas suivie ?

— Oh ! cela m'étonnerait, dit Minon.

Valmont la prit par le coude, l'entraîna. A quelques mètres de là débouchait un sentier. Valmont le prit. Ils se trouvaient entre un verger abandonné et un vieux mur. Valmont s'arrêta.

— J'ai trouvé ! dit-il avec animation. C'est formidable ! Nous qui le prenions pour un vieux machin...

Il devait être ému, Valmont, pour user d'un langage si familier.

— Suivez-moi bien. Un plateau qui monte, un plateau qui descend, la nourriture qui disparaît, s'il y a quelqu'un au bout, ce n'est rien, c'est tout naturel. Mais si l'on sait qu'il n'y a personne... Cela devient inquiétant, troublant, tragique. N'est-ce pas ? La preuve : pour deux ou trois plateaux, vous voilà déjà affolée, aux cent coups. Vous me suivez ?

— Non.

— Voyons ! C'est clair comme le jour. Quand M. de Gaugrand a constaté la disparition de Denise, on peut supposer qu'il a cherché par où elle était partie.

— Ce n'était pas difficile à deviner, dit Minon. La fenêtre était ouverte.

— Il aura donc été voir au pied de la fenêtre. Mettez-vous à sa place. Là, il aura trouvé les traces de l'échelle. Une échelle, ses deux pieds, ça laisse des traces. Cette échelle, quelqu'un a dû la dresser. Gaugrand sait donc maintenant que Denise a eu un complice. Qui ? Nous ? Il ignore notre existence. Qui alors a pu dresser l'échelle ? Il ne faut pas beaucoup chercher. Denise n'a pu avoir que trois complices : son amant, vous ou sa mère. Si Gaugrand soupçonne l'amant, le plateau n'a aucun sens. Mais si c'est vous...

— Précisément, dit Minon agacée. S'il pense que je sais, ce plateau est ridicule.

— Pas du tout, il est tragique! dit Valmont l'index dressé. Le plateau tragique, voilà ce que c'est. Parce que, au bout, il n'y a personne. Grâce à ce plateau, Gaugrand suscite un fantôme. Une obsession. Une obsession pour qui ? Pour vous ! Parce qu'il se dit que devant ce plateau inutile, un jour, vous allez éclater, perdre la tête, vous trahir, parler. Vous ou sa femme, bien entendu. Celle des deux qui a été la complice. C'est très fort. Très très fort. Et cela prouve qu'il vous soupçonne. Il faut ouvrir l'œil, faire attention, surveiller vos propos, vos attitudes. Il va vous épier, vous suivre. Ne sortez plus.

— Mais, dit Minon, je dois aller à Paris demain.

— Avez-vous l'habitude d'aller à Paris le lundi ?

— Non.

— Alors ne le faites pas. Ne changez rien à vos habitudes. C'est le seul moyen. Jeudi, au contraire, vous devrez sortir. Absolument.

— Il faut cependant que j'aille voir ce monsieur... Denise ne peut pas aller chez lui comme ça, toute seule, de but en blanc.

— Pas du tout, dit Valmont qui, seul devant les décisions à prendre, en acquérait une certaine autorité. Nous irons à votre place. Le lundi matin, pour le lycée, cela s'arrange assez bien. Mais c'est vrai, j'oubliais de vous le dire, avec cette histoire de plateau. Savez-vous qui est le monsieur ? L'antiquaire ! Mais oui. Le patron de Denise.

— M. Vasselard ?

— Oui. Nous qui le soupçonnions d'avoir dénoncé Denise à son père...

— Mais sa femme n'est pas du tout une gourgandine, dit Minon très contrariée. Et il est bien trop vieux...

— Ça, dit Valmont philosophiquement, ce n'est pas vous qu'il doit épouser.

XVII

Ah ! Il n'y a rien à dire, ça pleut, la péripétie. Je croyais l'affaire enterrée, Denise noyée, définitivement, un coup de rame sur la tête. Depuis un mois sans nouvelles... Je m'en étais fait une raison. Pas du tout. Voilà qu'elle émerge, qu'elle ressuscite, qu'elle me retombe dessus. J'en ai pour toute la vie alors ?

Ce matin, sur le trottoir, devant le magasin, j'avise un galopin, qui flânait, l'air de rien. Cet air que l'on a quand précisément il y a quelque chose. Un garçon assez bien, en raglan gris, tête nue, cheveux bouclés. Un quart d'heure plus tard, il était toujours là. Je me dis : « Alors, on te fait languir, il me semble. » Assez content, au fond. C'est vrai, quand on voit ces galopins, ces gamins des lycées, qui ont toute liberté de s'envoyer de jolies petites poupées, fraîches comme du lait, et quand on sait ce qu'ils en font, se tenir par la main, causer, se promener, il y a de quoi vous mettre de mauvaise humeur. Un peu plus tard ma femme sort. Pour ses courses. Le galopin la suit des yeux. A cet âge-là ! Une mère de trois enfants... Si elle l'avait vu ! « Ce culot ! » aurait-elle dit. En rigolant (c'était flatteur, dans un sens), je vais jusqu'au fond du magasin. J'entends mon carillon. Je me retourne. C'était le galopin. Flanqué de deux autres. Un moment, j'ai même cru que c'étaient des gangsters. Mais des gangsters si jeunes, et à dix heures du matin, c'était peu croyable. Il y en avait un, pourtant, qui avait une expression assez hargneuse, le regard en dessous, les cheveux dans la figure.

— Monsieur Vasselard ? me dit le galopin du trottoir, un petit fluet, le teint foncé, des yeux noirs, l'air un peu japonais.

— C'est moi, dis-je.

— Excusez-nous d'être venus à trois, mais...

Là, je l'arrête.

— J'ai déjà donné la semaine dernière.

Il se met à rire et l'autre aussi, qui avait plutôt la mine d'un intellectuel. Un blond.

— Mais non. Ce n'est pas cela du tout. Cette fois, c'est nous qui vous apportons quelque chose.

Je me dis : « Ça y est, c'est l'Armée du Salut. Je reconnais le langage. Ils vont me coller une bible, me soutirer deux cents francs et m'expliquer que tout le bénéfice est pour moi. » Mais voilà le jeune homme qui ouvre les bras, qui me prend par les épaules.

— Vous pouvez nous embrasser, me dit-il. Nous vous ramenons votre chère petite Denise.

— Denise !

J'en avais crié.

— Denise, mais oui, dit le Japonais ravi.

Il me tenait toujours à bout de bras.

— C'est qu'il n'est pas mal du tout, cet homme-là, dit-il en se tournant vers les deux autres. Denise a bien choisi. Mes félicitations. Vous devez faire un très joli couple.

Je ne sais pas si vous vous rendez compte. Moi, correct, rasé de frais, poudré, quadragénaire, commerçant estimé, mon costume gris (j'avais une comtesse à voir, vers les onze heures). En face, ces trois hurluberlus. Cinquante ans au total. Et qui me regardaient cordialement. Ça, pour la cordialité, j'étais gavé. Comblé. Chez le Japonais, cela frisait la tendresse. Chez l'intellectuel, c'était plutôt la nuance bon chien affectueux. Même le mauvais garçon souriait.

— Mais enfin, messieurs, de quoi parlez-vous ?

— De Denise, voyons, dit le Japonais.

— Quelle Denise ?

J'avais dit ça machinalement, pour tenter de fuir encore. Mais j'avais déjà compris. Tout me retombait dessus. La catastrophe. Le destin. Les trucs. Le piège. Tous mes effort inutiles. On lutte, on lutte... Cela ne sert à rien.

— Allons, allons, me dit le Japonais. Je comprends très bien votre attitude. Mais nous sommes au courant. C'est Denise qui nous envoie. Elle vous attend. Elle serait venue elle-même, mais nous avons pensé que pour votre femme...

Je me sentais sombrer. J'ai fait un effort, j'ai nagé tant que j'ai pu et enfin, très raide :

— Messieurs, vous faites erreur.

Le Japonais a eu l'air très ennuyé.

— Il y a quelqu'un ?

Comme je ne répondais rien :

— Va voir, a-t-il dit au gangster.

Lequel, les mains dans les poches de sa canadienne,

est allé jusqu'à la porte de la salle à manger, l'a poussée du pied, a jeté un coup d'œil.

— Non, il n'y a personne.

— Alors, m'a dit le Japonais, pourquoi faites-vous semblant de ne rien comprendre ?

— Pour une raison simple. Parce que je ne comprends rien.

— Vous savez bien qui est Denise ? Mlle de Gaugrand ?

— Mon ex-employée, parfaitement.

— Votre ex-employée, comme vous dites. Et votre maîtresse.

A ce moment-là, je ne sais pourquoi, j'ai pensé que c'était une affaire de chantage, que Denise n'y était pour rien, qu'ils avaient découvert cette histoire Dieu sait comment.

— Messieurs, ai-je dit d'un air franc, vous êtes de bonne foi, je suis de bonne foi, expliquons-nous.

Pour le coup, il était décontenancé, le Japonais. Il a échangé un regard avec l'intellectuel qui semblait aussi perplexe que lui. Le gangster avait pris une statuette de jade et il la soupesait.

— Vous avez bien remarqué que, depuis un mois, votre employée avait disparu.

— J'ai remarqué, ai-je dit fermement.

— Et cela ne vous a pas inquiété ?

— Je n'avais pas à m'inquiéter. Je l'avais renvoyée.

— Et pourquoi l'aviez-vous renvoyée ?

— Cela me regarde.

— Sur les injonctions de son père, probablement.

C'était toujours le Japonais qui parlait.

— Mais savez-vous ce qu'il a fait, son père? Il l'a enfermée. Dans sa chambre, à double tour.

Enfermée ? Sacré Gaugrand ! En plein vingtième siècle. On aura tout vu. Cette idée me paraissant assez sûre, je l'énonçai.

— On aura tout vu.

— Alors nous l'avons délivrée.

— Qui ? Vous ?

— Nous, parfaitement. Une vraie expédition. Nous vous raconterons ça.

On était de nouveau dans la cordialité. Jusqu'au cou. Dans quoi étais-je embarqué ?

— Dites, vous n'avez tué personne, au moins ?

Cette idée a paru les amuser.

— Mais non !

— Tout se passa simplement, convenablement et sans aucune affectation, dit l'intellectuel comme s'il récitait quelque chose.

Allons, bon ! Non, ce n'étaient pas des maîtres chanteurs. C'étaient des imbéciles. J'ai mis les mains dans les poches de mon veston. Je me sentais très à l'aise.

— Ainsi, vous l'avez délivrée ?

— Oui.

— Eh bien, c'est très aimable à vous. Denise doit vous en savoir gré. Mais moi...

Je n'ai jamais vu trois visages aussi étonnés. Enfin, deux. Le troisième se contentait de me regarder en dessous. En dessous de sa frange, les paupières pas tout à fait relevées.

— Enfin ! dit le Japonais, vous n'étiez pas son amant ?

— Première nouvelle.

Eux pantois. Désemparés.

— Il y a quelque chose qui ne va pas, a constaté le Japonais.

Mais le gangster s'est avancé.

— Vous avez bien couché avec elle, non ?

Bête que je suis ! J'aurais pu nier et tout était fini. Ils en étaient à douter de Denise, je le voyais bien. Je ne sais pas ce qui m'a pris. L'envie de les vexer, je crois. De leur montrer que la vie, c'est autre chose.

— Oh ! comme ça...

L'intellectuel s'est énervé.

— Comme ça ou autrement ?

— Je veux dire : de temps en temps.

— Et maintenant c'est fini ? a dit le gangster sur un ton engageant.

— Fini.

J'étais de bonne foi, je le jure. Je voulais ne plus penser à Denise. Plus jamais. Fini. C'était fini.

— Je vois, a dit le gangster. Monsieur est de l'espèce des salauds.

Il n'y avait qu'à ne plus bouger. Attendre. Laisser passer. Ne plus penser à rien. Ferme sur mon roc. Ferme comme un roc. Ils me regardaient, tous les trois. Pourquoi ne partaient-ils pas ? Pourquoi ne me laissaient-ils pas tout seul ?

— Ecoutez, ai-je dit. Son père est venu me voir. Je lui ai bien précisé mes intentions.

— Qui étaient ?

— Qui n'étaient rien du tout ! J'ai une femme, des enfants, un magasin. Je ne vais pas aller, pour une erreur, bouleverser toute ma vie.

— C'est Madame qui a la fortune peut-être ? a dit l'intellectuel.

Je ne me suis même pas fâché. Ces gamins... Et puis il avait dit ça comme quelqu'un qui s'efforce de comprendre, sans méchanceté. Ils allaient partir. C'était fini, c'était réglé. Mais le gangster a tout embrouillé. Les mains toujours dans les poches de sa canadienne, il s'est encore rapproché de moi, jusqu'à me frôler. Il devait fréquenter beaucoup les cinémas, ce garçon-là. Ça se voyait tout de suite.

— Résumons. Vous ne voulez plus revoir Denise ? D'accord. Mais vous avez fait du dégât. Il faut le réparer. Denise s'est enfuie de chez elle. Vous comprenez bien qu'elle ne peut plus y retourner. Il faut donc lui donner le temps de trouver du travail.

— Juste, ai-je dit.

— Pour l'instant, elle est dans un hôtel. Même les antiquaires savent que, dans les hôtels, on a la curieuse habitude de présenter des notes.

— Ça, ai-je rétorqué, vous ne voulez tout de même pas que ce soit moi qui les paie ?

— Qui voulez-vous que ce soit ?

Il parlait presque sans articuler, la voix lasse, comme si ça l'exténuait, cette histoire. Du bout des doigts, il a épousseté le revers de mon veston. Et enfin :

— Allez. Envoyez la monnaie.

Moi, dans un cri :

— Jamais !

— Comme vous voudrez...

Et il s'est assis. Coïncidence : sur la chaise Restauration de Gaugrand.

— Qu'est-ce que vous faites ?

— Je m'installe. Nous avons le temps. Asseyez-vous, a-t-il dit aux deux autres. Les chaises sont d'époque.

Puis à moi :

— Madame votre épouse va rentrer.

Je me suis fâché.

— Madame mon épouse vous emmerde.

— Cela m'étonnerait. Je l'ai aperçue. Elle a l'air très comme il faut.

— D'ailleurs, elle est au courant.

— Ah oui ? Cela a dû faire une jolie conversation.

Et tranquillement ! Comme chez lui. Assis sur sa chaise, tourné vers moi, les bras sur le dossier, pesant dessus, risquant de le casser. Les deux autres, d'abord, avaient eu l'air un peu effrayés. J'aurais dû en profiter. Maintenant, ils souriaient. Enchantés, visiblement. Aux anges. Les jeunes, quand ils peuvent nuire...

— Nous pourrions aussi détruire quelques meubles, a proposé l'intellectuel en remuant les bras. C'est fragile, l'antiquité.

— Dites ! Voulez-vous que j'appelle a police ?

— Appelez, a dit le gangster. Vous devrez sortir, nous laisser le magasin.

— Et nous pourrions donner notre version personnelle des raisons pour lesquelles vous nous avez attirés chez vous, en l'absence de votre femme, a ajouté le Japonais en prenant une voix de fille, avec des mines. A notre âge, pourquoi serions-nous entrés chez un antiquaire ?

Les voyous !

— Alors ? a dit le gangster.

— Vous n'aurez pas un sou !

Le Japonais avait pris une soupière qui était sur une commode.

— Jolie pièce !

— Je pense bien, ai-je dit. Un Sèvres, signé Le Bel jeune. Vous êtes connaisseur ?

— Non, me rétorque-t-il avec un gentil sourire. Mais j'aime casser.

— Oh ! ça va, ai-je dit. (J'étais découragé, il faut comprendre.) Nous sommes entre gentlemen. Nous pouvons nous entendre. Je veux bien reconnaître une certaine responsabilité.

J'allais à mon bureau. J'ouvrais mon tiroir.

— Denise est une fille charmante. Je ne lui en veux pas. Vous avez bien fait de la délivrer. Voici cinq mille francs.

Le gangster était déjà debout devant mon bureau.

— Dix...

— Dix, si vous voulez. Voici dix mille francs que vous remettrez à Denise, de ma part. Mais c'est fini, vous avez compris ? Fini. Je ne veux plus entendre parler d'elle.

J'ai eu une seconde de faiblesse.

— Essayez de comprendre...

Mais, au moment où ils sortaient, le Japonais s'est tourné vers moi et, dans le tintement des tubes, il m'a dit :

— Denise est à l'hôtel de Suède, rue Gay-Lussac...

XVIII

Mus par le souci de ne pas obérer les finances de Minon ni celles d'un amant à ce moment-là non encore identifié et peut-être employé obscur, artiste ou pianiste dans une brasserie, Valmont et Mazarin avaient réservé la chambre de Denise dans un hôtel des plus modestes. Tout y était sombre : la façade noirâtre, l'entrée encombrée d'aspidistras et de porte-parapluies, le bureau au ras de la rue, l'ascenseur, vraie boîte à sardines qui s'élevait avec la lenteur d'un soupir. Par contraste, en entrant dans la chambre de Denise, au sixième, on croyait déboucher en plein ciel.

Lorsque les trois s'y présentèrent, Denise était encore couchée. Elle ne dormait pas. Adossée à son oreiller, elle était à demi assise, dans sa pose d'accouchée, les mains devant elle, posées sur le dessus de lit à ramages, vert et marron.

— Bonjour, dit-elle gentiment.

Elle était en chemise. Il faisait chaud dans cette chambre, chaud et lourd. Gêné, Mazarin hésitait à entrer. Derrière lui, dans l'encadrement de la porte, à des hauteurs différentes, la tête de Valmont et celle de

Rimbaud, l'une blonde et indécise, l'autre plus sombre et bourrue.

— Entre donc, dit Rimbaud.

Il devait être gêné, lui aussi : son expression était sournoise. Les mimiques de Rimbaud étaient peu variées. Dans le feu de l'action, comme on l'a vu, il avait assez la mine d'un gangster. Indécis, hésitant, il tournait au mauvais prêtre. Au repos, c'était la brute somnolente.

Ils entrèrent. Mazarin enleva son raglan et s'empara du seul siège, un petit fauteuil à dossier rond, recouvert de velours grenat. Valmont voulut s'asseoir sur la table, mais il hésita : il y avait dessus une combinaison et un soutien-gorge. Il finit par les écarter, mais d'un geste qui semblait distrait, le regard ailleurs. Quant à Rimbaud, il s'assit sur le lit, au bout. Denise les regardait, l'un après l'autre. Elle avait un sourire très affable, de maîtresse de maison. Puis, des deux mains, elle écarta ses cheveux sombres, pas peignés, renversa la tête.

— Eh bien, dit Mazarin cordialement. Je pense que vous voilà reposée maintenant. Hier déjà, vous ne vous êtes pas levée.

— Non, dit-elle avec un visible plaisir.

— Il le faudrait pourtant. Cela ne vaut rien de rester ainsi couchée. Vous avez le Luxembourg à deux pas.

— Et Jacques ? dit-elle.

— Votre Jacques ! Parlons-en, dit Rimbaud.

— A-lons-y doucement, suggéra Mazarin. Très doucement...

Il rapprocha son fauteuil du lit, se pencha. Les

mains sur les cuisses, les coudes en dehors, son visage orange respirant la sollicitude, il avait l'air d'un médecin encore à ses débuts.

— Ma chère Denise...

Il s'arrêta, se rongea soucieusement un ongle.

— A propos, dit Rimbaud.

D'un geste de toucheur de bœufs, il releva le pan de sa canadienne, prit son portefeuille dans sa poche revolver, un portefeuille marocain, noir à agréments blancs, très usé, attendrissant.

— Voici toujours cinq mille francs. Pour l'hôtel.

— Cinq mille ? dit Mazarin étonné.

— Hé ! s'exclama Valmont en bondissant de sa table.

Denise avait pris le billet et, lentement, rêveusement, elle en déchirait une bande. Elle n'était pas arrivée au bout que six mains s'abattaient sur les siennes.

— Qu'est-ce qui vous prend ?

— On ne déchire pas un billet !

Les quatre têtes étaient rassemblées, comme un bouquet. Les cheveux sombres de Denise, les courtes boucles de Mazarin, la frange de Rimbaud, les épis paille de Valmont. Et les mains, les unes sur les autres, comme pour un jeu. Denise avait levé les yeux. Son regard était chargé, mais de quoi ? De rien, au fond. C'était une eau trouble, un feuillage.

— Ça m'amuse, de déchirer, dit-elle.

Toujours penchés sur elle, les trois garçons se regardèrent. Les mains, une à une, se retirèrent. Il n'y en avait plus qu'une, celle de Mazarin, qui protégeait le billet. Valmont avait reculé.

— Vous voulez bien me donner le billet ? dit Mazarin à Denise d'une voix caressante.

Elle écarta les doigts.

— Valmont est nommé trésorier, dit Mazarin en lui tendant le billet. C'est lui qui se chargera des comptes. Cela me paraît plus sûr.

A Denise :

— Quand vous aurez besoin d'argent, vous le lui demanderez.

Sans trop s'en rendre compte, il lui parlait lentement, comme à un ivrogne, comme à un enfant, à un Américain.

Puis, aux deux autres, plus rapidement :

— Il me paraît impossible, dans son état, de lui donner un nouveau choc. Vous êtes d'accord ?

L'étrange phénomène se produisait encore : on parlait de Denise comme si elle n'eût pas été là.

— D'accord, dit Valmont toujours partisan des solutions tièdes.

— Ecoutez, dit Mazarin à Denise. Nous avons vu Jacques. Nous avons eu avec lui un long entretien.

Il avait repris le ton lent, patient, s'arrêtant tous les trois mots.

— Il ne viendra pas ?

Denise s'était tournée vers lui, appuyée sur un coude. Elle avait une expression d'angoisse, de terreur. Mazarin leva les yeux vers Rimbaud qui, assis sur le lit, le dominait.

— Mais oui, il viendra. Bien entendu. Mais pas tout de suite.

— A quelle heure ?

Mazarin eut l'air torturé.

— Pas aujourd'hui.

L'expression de terreur passa encore.

— Il ne m'aime plus ?

— Mais si, dit Mazarin, excédé.

De la tête, du regard, d'un mouvement des mains, il prenait les deux autres à témoin. Mais Rimbaud restait impassible. Il regardait Denise. Quand à Valmont, il s'était remis sur la table. Le billet de cinq mille francs était à côté de lui, posé sur le soutien-gorge.

— Bien sûr qu'il vous aime, reprenait Mazarin d'une voix cordiale. Où allez-vous chercher des idées pareilles ? Mais il vous demande de prendre patience. Pendant quelques jours.

— A cause de sa femme, dit Denise en hochant la tête comme si elle savait exactement de quoi il retournait.

— A cause de sa femme. Vous comprenez, la situation est délicate.

— Oui, dit-elle avec conviction.

Mazarin se redressa, soupira. Rimbaud prit la parole.

— Ce qui veut dire que, pendant un certain temps, vous devrez vous tirer d'affaire sans lui.

Après le ton cotonneux dont avait usé Mazarin, la voix plus rugueuse de Rimbaud avait quelque chose à la fois d'incongru et de rassurant. Rimbaud avait pris un journal dans sa poche et le dépliait. Ce froissement, c'était la vie qui revenait.

— Je vous ai apporté un journal. Lisez les annonces, les offres d'emploi et, dès cet après-midi, allez vous présenter.

— Oui, dit Denise.

Elle avait pris le journal mais pas comme on prend un journal, en le tenant par un coin, comme on prend un objet dont on ne sait pas trop à quoi il sert. Agacé, Rimbaud le lui reprit.

— Valmont va le lire pour vous. Il vous indiquera ce qu'il y a de plus intéressant.

Dans le groupe, les activités d'ordre cérébral étaient du ressort de Valmont. Visiblement ravi d'avoir quelque chose à faire, il prit le journal, le déplia, jeta (mais carrément cette fois) le soutien-gorge et la combinaison sur le lit, disposa le journal sur la table.

— Ma chère Denise... reprit Mazarin.

Son regard monta encore jusqu'à Rimbaud. « Je peux y aller ? » D'un tapotement mesuré de la main, Rimbaud suggéra la modération.

— Ecoutez-moi bien. Ce que j'ai à vous dire est très sérieux. Ce Jacques, êtes-vous sûre de l'aimer ?

— Mais oui, dit-elle gaiement.

— Je voudrais que vous profitiez de ces quelques jours pour vous interroger, poursuivait Mazarin. C'est grave, ce que vous voulez faire. Détruire un foyer... Cet homme a des enfants, une femme.

— Elle est méchante, dit Denise.

— En êtes-vous certaine ?

Mazarin était vraiment très bien. Dans sa voix feutrée, sur ses traits affectueux, affleuraient tour à tour l'assurance du médecin, l'onction du confesseur, la sollicitude du grand frère.

— Infirmière ? cela ne va pas, je suppose ? demanda Valmont de dessus son journal.

— Non, dit Rimbaud.

— Il y a d'autres hommes sur la terre, dit Mazarin.

Denise eut un regard malin comme pour dire qu'avec trois garçons dans sa chambre, cette vérité première devenait superflue. Rimbaud en eut un moment de stupeur. Jusque-là, il avait pris Denise pour une simple imbécile. Cette brusque intelligence du regard le surprenait. Se moquait-elle d'eux ? Ou n'était-elle intelligente que par éclairs ? Lorsqu'on touchait à certains sujets ?

— Et êtes-vous sûre qu'il vous aime ?

— Nous allons nous marier, dit Denise avec une expression de satisfaction assez lourde.

— Ah ! Il vous l'a bien précisé ?

— Non, dit-elle. C'est vous.

— Moi ?

— Vous me l'avez dit. Dans la voiture.

Mazarin avait l'air consterné. Il se tourna vers Valmont. Plongé dans son journal, le stylo en arrêt, Valmont n'avait pas écouté. Mazarin leva les yeux vers Rimbaud. Rimbaud regardait Denise. Décidément, c'était une imbécile.

— Evidemment, dit Mazarin. Bien sûr. Cela va sans dire. Mais je ne suis pas Jacques. Ce n'est pas moi qui dois vous épouser. Croyez bien que je le regrette, ajouta-t-il avec sa bonne grâce habituelle.

Denise, encore une fois, eut son regard intelligent. Rimbaud retomba dans ses perplexités.

— Je vous ai dit que nous avions eu avec lui un long entretien. Je ne vous cache pas que nous l'avons trouvé un peu... un peu hésitant.

Denise eut un sourire obscur.

— Quand il viendra, il n'hésitera plus, dit-elle.

Cette fois, Valmont avait relevé la tête. Pas d'erreur, c'était la Bête qui passait. Cette chambre étroite, cette fille dans son lit, ses bras nus...

— Voilà, dit Valmont la voix étranglée. J'ai marqué les annonces. J'ai mis deux croix pour les plus intéressantes.

XIX

Sortis de chez Denise un peu après midi, ils n'avaient eu que le temps de regagner hâtivement leurs tablées familiales et respectives (Valmont déjeunait chez un de ses oncles, industriel en fermoirs, rue Lhomond). La discussion ne put donc reprendre qu'au lycée. Encore fallut-il attendre la récréation.

— Dès l'échelle, je l'ai pensé, dit Valmont avec véhémence. Cette fille n'est pas en état de circuler. La claustration a dû lui taper sur la tête.

— Ce qui est fait est fait, dit Rimbaud sobrement. Nous ne pouvons pas la renvoyer chez elle.

— Ah ! permets, dit Mazarin. Nous nous étions engagés à quoi ? A ouvrir les volets. Les volets sont ouverts. Cette affaire ne nous concerne plus.

— Et tu vas l'abandonner dans son hôtel ? dit Rimbaud. C'est ça la vie, mon petit père, il te reste à l'apprendre. On croit n'ouvrir que des volets. Et puis cela n'arrête plus.

— Minon aurait dû nous prévenir...

— Tout semble indiquer que Denise n'était pas ainsi avant d'être enfermée. Cela nous faisait une raison de plus pour intervenir. Un mois encore dans sa chambre, elle était bonne pour l'asile d'aliénés. Pouvions-nous l'accepter ?

— Vu sous cet angle... dit Mazarin. Mais enfin que pouvons-nous faire encore ? Il n'y a même pas moyen de lui annoncer que son antiquaire la laisse tomber. Vous avez vu sa tête. Elle se serait jetée par la fenêtre.

— Tu as bien fait, dit Rimbaud.

— A propos, reprit Mazarin. Et les cinq mille francs ? Pourquoi ne lui as-tu remis que cinq mille francs ?

— Tu as vu ce qu'elle a manqué en faire ? A vrai dire, le coup de la déchirure, je ne le prévoyais pas. Mais je me suis dit : une femme, dix mille francs, elle va croire que c'est arrivé, s'acheter des opossums.

— C'est vrai, ça, dit Mazarin.

Depuis sa courte idylle avec la fille de la femme de ménage, il était entendu que Rimbaud n'ignorait plus rien du cœur féminin.

— Puisque Valmont a été nommé trésorier, je vais lui remettre les cinq mille francs qui me restent.

— Envoyez, dit Valmont.

Il tira de sa poche un carnet.

— J'ai déjà acheté un carnet pour les comptes.

— Ce que je ne comprends pas, dit Mazarin, c'est l'antiquaire...

— Cet antiquaire est un simple salaud, dit Rimbaud. C'est très répandu, le simple salaud.

— Il faudrait prévenir Minon.

— Cela ne sert à rien. Nous devons voir Minon jeudi. Attendons jeudi. D'ici là, Denise aura peut-être retrouvé ses esprits. Minon ou pas Minon, il n'y a qu'un problème : l'argent. Nous n'en avons pas. Minon non plus, probablement. Il faut que Denise trouve du travail.

— Je plains son employeur, dit Valmont.

— Je me fous de son employeur, rétorqua Rimbaud violemment. L'important, c'est qu'elle en trouve un.

— Je lui ai indiqué neuf annonces différentes. Demain, nous pourrons lui en indiquer autant.

— J'irai la voir après le lycée, conclut Rimbaud.

Il y courut. Denise était toujours dans son lit. Adossée à son oreiller, les deux mains devant elle, sur le couvre-lit, exactement pareille à ce qu'elle était dans sa chambre, à Bièvres, lorsque Rimbaud y avait pénétré, comme il l'avait trouvée au bout de sa torche électrique, surgie de l'obscurité, sur l'écran blanc que composaient son oreiller et sa chemise. Sur la table de nuit, il y avait le plateau du déjeuner. Le journal était toujours là, sur le lit, où l'avait posé Valmont, les annonces marquées de petites croix.

— Eh bien ? dit Rimbaud. Et les annonces ?

Elle eut ce sourire espiègle qui la transformait, qui lui donnait seize ans. Malgré lui, Rimbaud sourit aussi.

— Vous allez bien ?

Elle fit signe que oui. Avec une expression à la fois contente et câline. Et une sorte de roucoulement dont Rimbaud fut ému. Il prit le journal.

— Etes-vous allée voir ?

— J'étais fatiguée, dit-elle. Mais j'ai bien dormi.

Le visage n'était plus espiègle. Ce fut, pendant un instant, celui d'une matrone repue.

— Ah ! non, s'exclama Rimbaud. Non. Non. Cela ne va pas du tout ! Vous avez cinq mille francs, ma petite dame. Cinq. Ajoutez-y les trois mille de Minon, cela fait huit. Et il ne faut plus compter sur rien d'autre.

Enragé de la voir si placide, il lui empoigna le bras, le lâcha tout de suite, très gêné. Il lui fallut un moment pour retrouver le fil de ses pensées. Ce bras, c'était quelque chose de si... Il n'y avait pas de nerfs, pas de muscles. C'était si... Enfin !

— Huit mille... Cela veut dire que si, d'ici jeudi, vous n'avez pas trouvé un emploi, il ne vous restera qu'à dormir sous les ponts.

Victoire ! Elle le regardait. Ses grands yeux avaient une expression.

— Y avez-vous pensé ?

— Vous êtes bien quand vous vous fâchez, dit-elle.

Malgré lui — mouvement qu'il devait se reprocher longtemps — une chance encore que les amis ne fussent pas là — Rimbaud jeta un coup d'œil vers l'armoire à glace.

— Mais, Denise ! dit-il suppliant. Vous devez trouver du travail. Sans argent, qu'allez-vous devenir ? Vous devez sortir, vous mettre en campagne.

— Et si Jacques vient pendant que je suis sortie ?

— Jacques ne viendra pas avant quinze jours.

Ce fut comme s'il l'avait giflée. Elle le regardait avec stupeur, la bouche entrouverte. Et sa main monta lentement jusqu'à sa joue.

— Non, dit Rimbaud effrayé. Il viendra cette semaine mais, de toute façon, ce ne sera jamais avant six heures du soir. Cela vous laisse le temps de chercher. Et surtout, ça, il a bien insisté, il ne peut rien vous donner. Rien que ces cinq mille francs. Il n'a pas d'argent.

— Il y a toujours des factures en retard, dit Denise. Il peut s'en faire régler une.

« Tiens, se dit Rimbaud, la minute de bon sens qui passe. »

— Non, il ne peut pas. Depuis votre départ, c'est sa femme qui s'occupe des factures. Vous voyez que vous devez chercher. Que vous devez absolument.

Dans son ardeur à la convaincre, Rimbaud s'était penché sur elle. Brusquement, il y eut ses seins, il n'y eut plus que ses seins. Dans la chemise blanche. Enfin, le début, la naissance. Rimbaud s'était tu. Il avait le vertige, un vertige très lent, écœurant, comme un grand volant qui aurait tourné doucement dans du lait. Il y avait ses seins. La peau blanche, lisse. Etonnée sans doute par ce silence, Denise tourna la tête. Rimbaud se redressa.

— Pensez comme il sera fier quand il saura que vous vous êtes débrouillée sans lui.

— Demain, j'irai, dit Denise.

Encore bouleversé — c'était réglé, Mazarin et Valmont allaient le soupçonner de ne s'être rendu chez Denise que dans d'immondes desseins — Rimbaud bredouilla :

— Je vais donner un coup de téléphone pour vous. Je remonte tout de suite.

Il venait d'avoir une idée. Un ami de son père, qui était au service du personnel, aux Galeries Lafayette.

Rimbaud descendit, consulta un annuaire dans le bureau de l'hôtel, sous l'œil intéressé de la préposée.

— Elle est malade, la demoiselle ? demanda cette personnne qui était quadragénaire, d'un blond déteint, fort tavelée et visiblement curieuse.

— Non, pas du tout, grogna Rimbaud.

— C'est qu'elle ne sort pas. Elle doit s'ennuyer.

— Elle a besoin de repos, dit Rimbaud.

— Une artiste, peut-être ? dit encore la préposée.

Une chance : le téléphone était dans une cabine. L'homme des Galeries Lafayette répondit que cela tombait bien, qu'il avait précisément quelque chose au rayon de la ganterie, rayon facile, et qu'il attendrait la demoiselle le lendemain, à dix heures. Rimbaud monta aussitôt annoncer à Denise la bonne nouvelle. Il eut la prudence de ne pas franchir le seuil de la porte. Comme Denise lui souriait, il eut un geste de la main, des cinq doigts, assez tendre, qu'il se reprocha aussitôt.

— Je devais avoir l'air malin, grognait-il dans l'ascenseur.

Le lendemain, comme il déjeunait en face de son père, l'homme des Galeries Lafayette l'appela au téléphone. Il n'était pas content.

— Dis donc, mon garçon, c'est un drôle de numéro que tu m'as envoyé. D'abord, elle arrive trois quarts d'heure en retard, puis elle n'écoute pas ce que je dis... Mais non, je ne te dis pas qu'elle n'est pas digne d'intérêt. Je te dis qu'elle est malade, déprimée. Il lui est arrivé quelque chose ? Elle me faisait peur, à un certain moment. Il faut l'envoyer à la campagne.

Rimbaud s'excusa comme il put. Pas très bien.

— Qu'est-ce qu'il voulait ? demanda son père en s'attaquant au camembert.

— Rien, dit Rimbaud. C'est la sœur d'un ami. Elle cherchait du travail. Je la lui ai envoyée. Elle ne convenait pas.

— Il ne faut jamais recommander une femme, dit le père. Les femmes qui travaillent sont toutes des compliquées.

— C'est idiot, ce que tu dis là, dit son fils.

— Possible, dit le père trop heureux d'une réplique de son fils pour s'offusquer du ton. Mais les choses bêtes, crois-moi, ce n'est pas toujours si bête.

XX

Chez les Gaugrand, rien. Non, rien du tout. Sinon, pour M. de Gaugrand comme pour Minon, des sentiments violents, confus, des bouffées, des orages mais dont rien n'affleurait. Trois fois par jour, le plateau montait. Trois fois par jour, il redescendait. Plein au départ. Dévasté au retour. Le pain, le beurre, le rosbif, la serviette bien pliée. Au retour, les assiettes vides, un reste de beurre, un peu de sauce, la serviette froissée. Deux fois par jour, au déjeuner et au dîner, la minute de courage, de défi, le pot de crème en plus, le deuxième quartier de tarte, l'orange supplémentaire. Minon regardait Gaugrand dans les yeux. Chaque fois, elle espérait voir se décomposer enfin les traits rugueux. Ils ne se décomposaient pas. Gaugrand prenait le plateau. Minon lui ouvrait la porte. Mme de Gaugrand descendait, allait faire les courses. Le déjeuner fini, elle prenait son cabas, s'en allait. Le temps s'était adouci. Mme de Gaugrand avait défait son plastron de papier journal. L'après-midi passait, Minon et Gaugrand en tête à tête dans la grande maison, s'évitant, chacun se croyant épié par l'autre. Le soir, la partie de piquet, Gaugrand massif sur sa chaise, Minon s'agitant comme sur un perchoir, Mme de Gaugrand tournant les pages de son livre.

A chaque plateau, à l'aller comme au retour, Minon croyait sentir sur elle le regard de Gaugrand. Elle en éprouvait tantôt une secrète hilarité, tantôt une angoisse insupportable. « Va toujours, mon bonhomme, se disait-elle avec un ricanement intérieur. Si tu comptes sur moi pour te mettre sur la piste... » D'un air innocent, elle demandait :

— Denise a-t-elle aimé ma mousse au chocolat ? Je l'ai faite exprès pour elle.

— Elle a tout mangé, répondait Gaugrand.

Mais, à d'autres moments, devant ce plateau vide, devant ces traces si évidentes d'un repas qui pourtant n'avait pas eu lieu, Minon s'effondrait. Elle avait peur. Tout cela était trop absurde. Elle en parlait toute seule, dans sa cuisine, marmonnait, couvrait ses marmonnements en remuant ses casseroles.

En réalité, il est temps de le préciser, M. de Gaugrand ne soupçonnait personne. Sa femme ? Outre que Gaugrand la tenait pour incapable de s'émouvoir sur le sort de sa fille, il estimait que tout geste de sa part aurait été dicté en ordre principal par le souci de le contrarier, lui, Gaugrand. Dans ces conditions, elle aurait agi ouvertement. Gaugrand, d'ailleurs, avait confiance en sa femme et il est vrai que, le mensonge étant encore à ses yeux une sorte d'égard, Mme de Gaugrand, de sa vie, n'avait jamais menti. Quant à une complicité de Minon, Gaugrand n'en avait examiné l'hypothèse que pour, aussitôt, l'écarter. Comment, à soixante-quatre ans, la frêle Minon aurait-elle pu arracher les deux planches clouées en travers des volets ? Quelqu'un avait bien dû les arracher, pourtant, ces planches. Mais Denise n'avait-elle pas pu le faire, en pesant de l'intérieur, avec ses jeunes forces et dans une poussée de rage ? Comme l'avait prévu le perspicace Valmont, Gaugrand avait attentivement examiné la chambre, la fenêtre et ses abords. Sur le chemin de gravier, piétiné par les conspirateurs, aucune trace n'était restée de l'échelle. Gaugrand en avait conclu que Denise, pour descendre, s'était contentée de la vigne qui poussait sous sa fenêtre. Dans son enfance, elle le faisait couramment. Pour Gaugrand, tout cela était clair : Denise s'était enfuie toute seule. L'affaire du plateau, chez lui, ne dissimulait aucune manœuvre. Elle ne cachait que son désespoir. Lorsque, le dimanche matin, il avait découvert la disparition de Denise, il avait bien, un moment, imaginé avec terreur ce qui l'attendait au pied de l'escalier : les reproches de sa femme, les sanglots de Minon. Ce sentiment avait bientôt disparu sous une poussée plus puissante où seul l'amour parlait encore, et la jalousie. Sa femme n'avait pas le droit de lui faire des reproches. Minon n'avait pas le droit de sangloter. Personne n'avait le droit de saccager sa douleur. La fuite de Denise était un drame entre elle et lui, et sur quoi, sauvagement, il refermait la porte. Denise était à lui, rien qu'à lui. Sa femme ne comptait pas. Il ne restait que Denise. Denise, Denise. Le seul être qu'il aimât. L'être qu'il avait fini par enfermer pour l'avoir à lui seul. Pourquoi aurait-il dû annoncer cette fuite ? Et à qui ? A ces deux femmes pour qui Denise, de toute façon, n'existait plus, qu'il avait réussi à écarter ? Qui n'auraient su trouver à lui dire que des niaiseries, les sarcasmes de l'une, les pépiements de l'autre, sans commune mesure avec son drame, avec sa plaie affreuse et saignante. Il suffisait de faire semblant. Pourquoi se serait-il privé de cette ultime joie : le plateau, trois fois par jour ? Trois instants bénis où Denise, d'une certaine manière, était encore là. Chaque fois que Gaugrand ouvrait la porte, un espoir faisait battre son cœur. Il avait rêvé. Denise n'était pas partie. Elle était dans son lit, adossée à son oreiller, les mains devant elle. Elle souriait. « Mais, Denise, l'amour était ici. Pourquoi est-tu partie ? N'avais-tu donc pas compris ? Qu'es-tu allée chercher ? Rien ne remplace l'amour d'un père. » Et le plateau devenait rite, devenait pèlerinage, devenait sortilège. Grâce auquel Denise peut-être reviendrait. Car elle reviendrait. Elle ne pouvait pas lui faire cela. Pas elle. Pas à lui. Debout dans le couloir, le cœur déchiré, Gaugrand pensait à sa fille. Où était-elle ? Errant dans Paris... Elle si étrange déjà ? Ou dans les bras de ce misérable ? La première pensée de M. de Gaugrand avait été de courir chez l'antiquaire. Son antipathie pour l'individu, sa répugnance à le rencontrer lui avaient fait trouver aussitôt d'excellentes raisons de n'en rien faire. Si Vasselard était complice, il ne dirait rien, évidemment, et, d'autre part, la présence de sa femme excluait qu'il eût recueilli Denise chez lui. Tout ce qu'il aurait pu faire, c'était de s'enfuir avec elle. Le lundi après-midi, M. de Gaugrand s'était rendu place Saint-Augustin. Le magasin était ouvert, paisible. En passant devant la vitrine, Gaugrand avait pu voir Vasselard occupé avec un client, empressé, disert, le dos rond, répugnant. Quant à prévenir la police, M. de Gaugrand, si loin qu'il fût du siècle, n'ignorait pas que la loi est cruelle aux pères de filles majeures. Après quelques jours, on se bornerait à l'informer que sa fille était toujours vivante et en bonne santé. Sur ce point, M. de Gaugrand était sans inquiétude. Il avait remarqué la disparition de la valise. On n'emporte pas une valise pour se jeter dans la Seine. Le mardi, d'ailleurs, il recevait un télégramme de Denise ainsi conçu: « Ne t'inquiète pas je vais bien je t'embrasse Denise. » Dans les dispositions où nous avons vu Denise, ce télégramme était surprenant. Il avait été envoyé pourtant.

Et Gaugrand, trois fois par jour, entrait dans la chambre, déposait le plateau. Une heure plus tard, il revenait. Pour se débarrasser de la nourriture, il avait recours à des ruses piteuses. Il en jetait une partie par la fenêtre dans un massif d'hortensias qui se trouvait à quelques mètres. Une partie disparaissait dans le vatère. Quant à la viande, pendant quelques jours, Gaugrand l'avait enveloppée dans un morceau de journal pour la donner aux chiens du voisinage. Puis cela lui avait paru sacrilège. Maintenant, il jetait la viande aussi. Dans le massif d'hortensias.

XXI

— Je n'y comprends rien, s'exclama Minon révoltée. M. Vasselard ne veut plus en entendre parler ? C'est trop fort ! Il ne l'aime plus, alors ?

— Il ne l'a peut-être jamais aimée, dit Valmont.

— Mais puisqu'il l'a... Puisqu'ils ont...

Un moment, Minon eut la mine tendue du cavalier qui veut obliger son cheval à sauter un obstacle.

— Puisqu'ils ont fait l'amour, poursuivit-elle avec une expression de bravade effarée. Il devait l'aimer. Sinon pourquoi ? Où était le plaisir ? Sans l'amour, c'est dégoûtant, m'a-t-on dit.

— Il y a la luxure, exprima Valmont. Le désir...

— Quelle horreur ! Il avait sa femme. Quel besoin de s'en prendre à Denise ?

Du regard, Valmont et Rimbaud se confièrent un monde de réflexions. A côté de ce petit oiseau pépiant sur sa banquette de cuir élimé, ils se sentaient très vieux.

— Cela me passe, dit encore Minon. Je croyais connaître la vie...

C'était le jeudi après-midi. Minon n'avait pas encore

revu Denise. Vu les problèmes nouveaux que posaient la défection de l'antiquaire et l'inertie de Denise (qui, à part sa démarche aux Galeries Lafayette, n'avait plus fait un pas), Valmont et Rimbaud avaient jugé utile d'avoir un entretien préalable avec la vieille demoiselle. Denise viendrait plus tard. Mazarin avait été chargé de ne l'amener qu'à trois heures. Ils étaient dans un café de la rue d'Assas. Un café ancien, profond, assez sombre. Dans le fond, des quelconques jouaient au billard.

— On peut toujours espérer que ce Vasselard changera de sentiment, dit Valmont.

— Ce Vasselard est à rayer définitivement, dit Rimbaud avec une âpreté qui surprit. C'est un salaud, point à la ligne. Le seul problème qui reste, c'est l'argent. Je suis passé à l'hôtel ce matin et j'ai demandé la note. Tiens, dit-il en passant le papier à Valmont, tu iras payer.

— J'ai encore un peu d'argent, dit Minon timidement. Pas grand-chose. Une dizaine de milliers de francs.

— Cela ne nous mènera pas loin, dit Valmont qui, le crayon à la main, vérifiait le compte.

— Il faut absolument qu'elle trouve du travail, dit Rimbaud. Il le faut. C'est de cela que vous devez lui parler, mademoiselle. Elle ne fait rien, aucun effort, aucune démarche. Je ne puis pas me présenter à sa place. Par prudence, nous avons caché à Denise l'existence des cinq mille francs que nous avons encore. Ce matin, je lui ai montré cette note. Elle doit donc penser qu'il ne lui reste à peu près rien. Vous croyez que ça l'agite ? Pas du tout.

— Les voici, dit Valmont.

Mazarin ouvrait la porte du café, s'effaçait. Denise entra. Elle avait son manteau bleu. Un moment, elle s'arrêta, sourit au patron du café qui était derrière son comptoir et qui lui renvoya un regard excessivement bovin. Mazarin avait l'air gai et fier du fiancé. Il prit Denise par le coude. Elle aperçut Minon et s'avança vers elle, souriante mais apparemment sans l'ombre d'émotion. Minon, elle, éclata en sanglots. Elle avait pris Denise dans ses bras et la serrait contre elle, son petit visage défait contre les cheveux sombres. Le patron du café posa le verre qu'il rinçait. Les joueurs de billard s'étaient arrêtés de jouer et regardaient. Debout, la mine recueillie, Rimbaud et Mazarin attendaient. Très gêné, Valmont adressa un sourire d'excuse aux joueurs de billard. L'un d'eux hocha la tête, l'air d'en savoir long sur les chagrins de femmes. Il se pencha. On entendit le heurt des boules et Minon s'assit.

— Bon, dit Valmont. Reprenons la question du travail.

Mais Minon était encore dans le sentiment. Les mains de Denise dans les siennes, il lui fallut s'inquiéter de sa santé, si elle avait bien dormi...

— Ça, pour dormir ! dit Rimbaud.

... Si elle mangeait bien, si elle se promenait un peu...

— Pas du tout, dit Rimbaud. Elle ne sort jamais.

Valmont lui adressa un regard de reproche. Rimbaud était trop dur avec cette fille.

— Je suis sortie hier, dit Denise très écolière.

— Mais à midi et demi, quand je suis venu, vous étiez encore couchée.

— Tiens ! Tu as vu Denise hier aussi ? dit Valmont sans penser plus loin.

— Un instant, en sortant du lycée, dit Rimbaud en rougissant.

Rimbaud rougissant constituait un spectacle si inattendu que Valmont se pencha, éberlué. Rimbaud s'en aperçut, fit sa lippe la plus sauvage.

— Que me disent ces messieurs ? dit Minon gentiment grondeuse. Tu ne t'occupes pas de chercher du travail. Tu ne te rends pas aux adresses qu'ils ont la gentillesse de te communiquer...

Rimbaud regardait Denise. Elle était assise dans le coin. Son visage, qui dépassait la banquette, se réfléchissait dans un miroir qui, à son tour, se réfléchissait dans le miroir d'en face. Et il y avait ainsi dix, quinze visages, l'un après l'autre, qui se perdaient au milieu des reflets, des lustres blancs, des paletots accrochés aux patères, qui se perdaient comme dans une forêt, qui s'éloignaient, s'éloignaient... Où était encore le vrai ?

— Denise, tu m'entends ?

Minon avait pris un ton plus ferme.

— Si tu ne gagnes pas ta vie, nous ne pourrons plus rien pour toi. Demain, tu iras à toutes les adresses qu'on t'indiquera.

Sans l'ombre de raison, Denise sourit à Mazarin. De ce sourire gentil, qui semblait lui retrousser le nez, qui éclairait tout son visage.

— Tu iras ?

— Et si Jacques vient ? dit Denise.

Rimbaud, violemment, abattit son poing sur la table.

— Mais puisqu'on vous dit qu'il ne viendra pas avant quinze jours.

— Il est venu hier, dit Denise d'une voix unie.

Il y eut un moment de stupeur.

— Hein ? dit Valmont. Qu'est-ce que vous racontez ?

— Il est venu hier, répéta Denise.

— Qui ?

— Jacques.

— L'antiquaire ? Vasselard ?

— Jacques, dit Denise.

— Je me le disais bien, dit Minon toute joyeuse. Voyons ! Cela tombait sous le sens. Son attitude était déplorable. Cela arrive souvent, ces choses-là. J'ai entendu parler d'un homme qui est revenu vingt-deux ans plus tard. Sa fiancée ne l'avait pas attendu, d'ailleurs. Elle avait trois enfants. Elle était bien désolée.

— Mais c'est merveilleux, ça, dit Mazarin. Pourquoi ne le disiez-vous pas ? Cela arrange tout. Mais racontez ! Que vous a-t-il dit ? Qu'il vous revenait ? Qu'il allait divorcer ?

— Il m'a embrassée, dit Denise.

— Bien entendu, dit Rimbaud. Un salaud, voilà tout ce que c'est. Savoir aussi si elle n'a pas rêvé.

— Ma petite Denise, dit Minon, M. Vasselard est bien venu, n'est-ce pas ?

— Mais oui, dit Denise.

— Et il ne vous a parlé de rien ? demanda Rimbaud.

— Non.

— Une première entrevue, après tant d'histoires, dit Mazarin. On peut comprendre.

— Il faut tirer cela au clair, dit Rimbaud. Vous a-t-il dit qu'il reviendrait ?

— Oui, demain à six heures.

— Bon, dit Rimbaud. Demain, à six heures, un de nous sera là.

Il hésita une seconde. Valmont le regardait avec anxiété. Mazarin souriait dans le vague.

— Toi, dit Rimbaud à Mazarin.

— Pourquoi moi ? Tu feras cela beaucoup mieux.

— Non, dit Rimbaud sombrement sous sa frange. Il me dégoûte, cet individu.

XXII

Ma foi, j'y suis allé. J'ai lutté pourtant. Ça, je peux dire que j'ai lutté. De toutes mes forces. Le sentiment. Le raisonnement. Je me faisais des discours : « N'y va pas, c'est idiot, tu as su rompre élégamment, restons-en là, ne bouge plus, c'est fini. » Mais non ! Rien à faire. L'homme est bête, on ne m'a pas attendu pour s'en apercevoir. Une bêtise à l'horizon, il y court. Et sachant que c'est une bêtise, sachant que la catastrophe est au bout, qu'il s'en mordra les doigts. Mais qu'est-ce que vous voulez ? Je voyais les seins de Denise. Je voyais sa poitrine, son pull-over jaune, je voyais jusqu'au grain de la laine. C'est drôle, la passion. Pendant tout le temps où Denise avait disparu, j'avais cessé d'y penser. Ou enfin une fois, de temps en temps. C'était devenu comme un souvenir. Calme comme un souvenir. Maintenant que je la savais à ma portée, je n'arrêtais plus d'y penser. Si au moins ce petit voyou ne m'avait pas donné son adresse, si j'avais pu l'oublier. Moi qui oublie tant de choses. L'adresse était là, fichée, comme une flèche. Je remuais un meuble : Denise. La porte s'ouvrait : Denise. Ma femme me disait quelque chose : Denise. Cette peau si blanche. Ce bonheur, ces délices. J'ai fini par craindre pour ma santé. Il paraît que cela ne vaut rien, ces envies rentrées. Et puis c'était bête. Cette pauvre fille qui s'était sauvée, pour me rejoindre en somme. Avais-je le droit ? Il me fallait bien savoir ce qu'elle devenait pourtant. A son âge, perdue dans Paris. Livrée à ces galopins. Qui sait s'ils n'en abusaient pas ? Dans cet hôtel payé par moi. C'était vrai, à la fin. C'était moi qui payais mais j'étais exclu. Etait-ce juste ? Toutes les raisons que je trouvais, que je dépliais, que je déployais, comme un paravent, pour cacher ma seule raison, pour dissimuler le pull-over jaune. On en trouve des raisons, quand on cherche. Ça n'en finit plus. De bonnes raisons. Des tables gigognes de raisons, l'une sortant de l'autre. Le soir, dans mon lit, pas moyen de dormir. Ma femme en a fait l'observation.

— Qu'est-ce qui t'arrive ? Tu sautes comme une carpe. Tu as des soucis ?

Je l'ai déjà fait observer : je suis un sensible. La moindre contrariété, la note du téléphone, un meuble mal vendu ou mal acheté, crac, c'est l'insomnie, ma nuit perdue, les idées noires et le lendemain flageolant. Mon commerce en souffrait. J'en aurais bien parlé à ma femme. Elle est de bon conseil. Et enfin une passion comme la mienne... Assez belle en somme. Qui mérite de la compréhension. A mon âge, souffrir ainsi, me tourmenter. Mais comment lui faire comprendre les dix mille francs ? L'avant-veille même, je lui avais fait une scène, à propos d'une paire de souliers, pour mon aîné. Des souliers à trois mille huit cents francs. J'avais trouvé cela exagéré. Alors, vous me voyez lui disant : j'ai envoyé dix mille francs. On est toujours puni de ses bons mouvements. Si, si, je l'ai remarqué. Il faut être un franc scélérat ou ne s'occuper de rien. Scélérat jusque dans le détail. L'assassin qui a un mouvement de pitié, c'est ce mouvement qui le fait prendre. Voyez mes dix mille francs ! Ce sont eux, finalement, qui me séparaient de ma femme, plus que Denise. Denise, j'aurais pu avouer. Les dix mille francs, pas moyen. Et, en même temps, entre Denise et moi, c'était le lien, le pont, la raison d'intervenir encore.

Bref, le mercredi, brusquement, le sol cédant sous mes pas, tous mes calculs effrités, ma raison dispersée, je dis à ma femme (je n'ai même pas osé le lui dire en face, je l'ai crié de loin), je dis à ma femme que j'ai une course à faire et en route pour l'hôtel de Suède. J'ose à peine le dire : le cœur me battait. Il me semblait que je courais vers une obscure et effroyable débâcle. Mais je courais. J'ai même pris un taxi. Le taxi chez moi, c'est un signe. Le signe que je m'abandonne, que je me défais, que je renonce à la lutte. Après une vente réussie, un bel achat, je prends vaillamment le métro, j'attends patiemment l'autobus. L'achat manqué, la mauvaise affaire faite, je m'affale dans un taxi. La fatigue. Le découragement. Ou comme si j'éprouvais le besoin d'aggraver encore le désastre, d'y ajouter les trois cents francs du taxi.

J'arrive à l'hôtel. Bon, ce n'était pas un palace. Les galopins avaient eu du tact. A l'entrée, une vestale, à lunettes.

— Mlle de Gaugrand ?

Encore une chose difficile à avouer : je n'y croyais

plus. C'était trop beau. Je voyais mon plaisir devant moi. Etait-il possible qu'entre lui et moi il n'y eût plus que cet escalier, une porte, la réponse de la binoclée ? C'était une blague. Denise aurait changé d'hôtel.

— Chambre soixante-trois, dit la vestale.

L'ascenseur. D'une lenteur ! Jamais vu un ascenseur comme ça. Même pas chez les douairières. J'avais chaud, les mains moites, mon pantalon qui me râpait les cuisses.

— Entrez !

Denise était dans son lit. Comme si elle m'attendait. Comme si elle n'avait jamais rien fait d'autre que de m'attendre. Pas un livre, pas un journal. Elle était adossée à son oreiller, les mains devant elle. L'épouse attendant son époux. Le soir des noces. Elle était à contre-jour, dans la pénombre. Je n'ai pas vu tout de suite qu'elle souriait.

— C'est moi, ai-je dit.

C'était bête, mais je ne trouvais pas mes mots. Elle avait une chemise blanche. Sa poitrine comme déposée dans une corbeille. J'ai avancé. Il me semblait qu'il y avait un silence... un silence solennel. C'était comme une fin du monde. Il y avait le plateau du déjeuner sur la table de nuit, une petite lampe de cuivre, hideuse. Denise a levé la tête. Son sourire, lentement, s'est effacé, comme si on avait passé une gomme. J'ai touché son épaule. J'ai touché sa poitrine. C'est dans un très lent glissement que nous avons fait l'amour sans un mot, sans hâte, comme un soupir.

Puis, ma tête sur son épaule, elle a commencé à parler. Comme un oiseau, très vite, en sautant d'une phrase à l'autre. Elle qui, généralement, parlait si peu.

— Nous allons nous marier. Ils me l'ont dit. Ils m'ont dit que tout était prêt. Tu vas divorcer. Ta femme n'est pas trop triste ? Elle ne t'aime pas, tu sais. Elle ne t'aime pas comme moi. Nous ferons un voyage. Nous irons à Bruges.

Qu'aurais-je pu dire ? Je ne disais rien. Mon corps retrouvait son corps : pas de commentaires. Et tout me paraissait simple. Au milieu de ce désordre. Moi encore à moitié habillé. Et dans une chambre d'hôtel. Dans une chambre d'hôtel, tout paraît simple, avez-vous déjà remarqué ? Je disais oui, oui, oui. J'aurais dit n'importe quoi. Ma peau sur sa peau, je ne sais pas si vous vous rendez compte. J'ai fini par me reprendre. J'ai expliqué qu'il nous fallait encore user, gagner du temps. Discours perdus : elle ne m'écoutait pas.

— Tu reviendras demain ?

— Après-demain, à six heures.

Eh bien, cette nuit-là, j'ai dormi comme un ange. Le vendredi, j'y retourne. A l'entrée, la vestale me regarde d'un drôle d'air. Je n'y fais pas attention. Je monte.

— Entrez !

J'entre. J'ai un coup au cœur. Denise était dans son lit, comme l'autre jour, mais, derrière elle, debout devant la fenêtre, il y avait un des galopins, le Japonais. Je me dis : ça y est, la catastrophe prévue, le guet-apens, le chantage. Je me serais bien sauvé mais, je l'avais vu l'autre jour, le galopin, ça ne le dérangeait pas, l'esclandre. Et Denise dans son lit, qui me souriait, heureuse. Le galopin s'avançait vers moi, me tendait la main.

— Je savais bien que vous viendriez, dit-il. Mes amis vous avaient mal jugé. Et de mon côté... Avouez que l'autre jour... Enfin, n'en parlons plus.

Il se tourne vers Denise.

— Comment la trouvez-vous, notre convalescente ?

— Très bien, dis-je bêtement. Elle a une mine reposée.

— Oh ! pour le repos...

Il avait plutôt une bonne tête, en somme, un gentil sourire.

— Pour le repos, elle s'y entend. Mais vous savez que le jour de l'évasion, elle s'est très bien conduite ? Il faudra qu'un jour nous vous racontions ça, dans le détail. Cela vous amusera.

— J'en suis sûr, dis-je.

Je pataugeais. Que me voulait-il ?

— Et vous, ça va ? me demande-t-il.

— Mais oui.

— Votre divorce avance ? Je suppose que votre femme est d'accord, que vous arrangez la chose à l'amiable...

— Oh ! les femmes, dis-je. Il leur faut toujours un peu de temps pour comprendre.

— Il ne faut pas traîner. Mon père le dit toujours — il est avocat, mon père — les explications nettes, c'est encore ce qui fait le moins de dégâts.

— C'est bien vrai, ça.

Il était dit que, dans cette affaire, je me trouverais tout le temps dans des situations où je n'avais qu'à me taire. Pouvais-je commencer une discussion sur ma femme, sur mon divorce, là, dans une chambre d'hôtel, avec ce galopin, devant Denise ?

— A propos, me dit-il encore, pour l'argent...

Je dresse l'oreille.

— Je vous ai mis le tout dans une enveloppe. La note de l'hôtel et ce qui nous reste. Je pense que vous préférerez vous en occuper vous-même.

Il a encore eu son large sourire.

— Bon. Eh bien, je vous laisse.

XXIII

Le samedi suivant, chez les Gaugrand, fut une journée décisive. Vers dix heures et demie, en descendant de sa chambre, Mme de Gaugrand interpella son mari qui, dans le vestibule, avait entrepris de réparer un commutateur.

— Cela va encore durer longtemps ?

— Quoi ? demanda M. de Gaugrand en relevant tout ensemble la tête et son tournevis.

— Denise, dit courtement Mme de Gaugrand.

Elle avait déjà son manteau, son chapeau. Et une expression revêche, excédée. Malgré son émotion, M. de Gaugrand sut rester impassible.

— Elle restera dans sa chambre tant qu'elle n'aura pas renoncé à cette liaison.

Il se remit à son commutateur, si hâtivement qu'une étincelle jaillit. M. de Gaugrand fit un saut en arrière.

— Je désire la voir, dit Mme de Gaugrand.

— Impossible.

Et, penché en avant, approchant prudemment son tournevis du commutateur, il ajouta :

— Je ne céderai pas là-dessus.

Mme de Gaugrand, on l'a vu, était ennemie de la discussion. Sans insister, elle poursuivit son chemin et, pour la laisser passer, toujours penché, son mari se rangea contre le mur. Il y avait largement la place, mais Mme de Gaugrand, une fois pour toutes, avait adopté la démarche décidée et aveugle du sanglier. Jamais elle ne déviait d'un centimètre. Dans la rue, si elle se trouvait nez à nez avec quelqu'un, elle disait : pardon, mais, bien plantée sur ses pieds, elle attendait que l'autre s'écartât. Elle prit la voiture d'enfant, alla faire ses achats au village et, en revenant, s'arrêta chez le serrurier. Elle lui expliqua qu'elle avait une porte qui n'ouvrait plus, déclina fermement l'offre que lui faisait cet homme de l'accompagner et obtint qu'il lui confiât son trousseau de clefs, un trousseau de la circonférence à peu près d'un seau et qui comportait une cinquantaine de clefs.

— Il y en a bien une là-dedans qui ouvrira votre porte, dit le serrurier.

Rentrée au logis, Mme de Gaugrand rangea la voiture dans la cuisine, prit le trousseau — dont la vue arracha à Minon un cri de souris — et, de son pas décidé, sans se cacher, le trousseau bien en vue et tintinnabulant, elle traversa le salon où Gaugrand lisait le journal, gagna le vestibule, monta l'escalier. Minon l'avait suivie. Dans le salon, elle trouva M. de Gaugrand qui s'était levé de son fauteuil, son journal à la main. Ils échangèrent un regard long, mais indéchiffrable. Tous les deux, ils avancèrent jusqu'à la porte du vestibule. On entendait le bruit des clefs dans la serrure. C'était chaque fois un bruit répété, rageur. Puis le cliquetis de la clef que Mme de Gaugrand laissait retomber, qui rejoignait les autres. Minon regarda Gaugrand. Il avait le menton qui tremblait. Enfin, il y eut un bruit franc, net. La serrure cédait. La porte s'ouvrait. Gaugrand regagna son fauteuil. Minon était restée près de la porte. Mais Mme de Gaugrand ne redescendait pas. Après quelques instants, on l'entendit qui sortait de la chambre de Denise, qui entrait dans la sienne. Elle ne descendit qu'à l'heure du déjeuner.

— Tiens, dit-elle à son mari en déposant le trousseau de clefs sur la table, à côté des assiettes déjà mises, tu rapporteras ces clefs chez le serrurier. Moi, je dois aller à Paris.

Elle avança encore de deux pas. Elle se trouvait ainsi à la hauteur de son mari, dans son fauteuil. Elle eut un regard en biais, chez elle inattendu. Mme de Gaugrand, en général, regardait en face.

— C'est malin, dit-elle enfin de sa voix brève.

Et, plus doucement :

— Où est Denise ?

— Je ne sais pas, dit Gaugrand misérablement. Elle a disparu. Je...

Il s'arrêta. Minon venait d'entrer. Elle alla jusqu'à la table.

— Je prépare le plateau ?

Gaugrand était toujours dans son fauteuil.

— Ce n'est pas la peine, dit Gaugrand.

Dans son émotion, Minon dut s'appuyer sur la table. Gaugrand avait baissé la tête. De son pouce énorme, de son majeur considérable, il pesait sur ses paupières.

— Denise est partie.

Minon attendait cette phrase. Dix fois, dans la cuisine, elle s'était dit qu'en l'entendant, il lui faudrait ne pas se trahir, qu'il lui faudrait s'exclamer, feindre la stupeur, l'inquiétude, l'effroi, se laisser tomber sur une chaise, sangloter. Elle n'en eut pas la force. Ce silence la trahissait, elle le savait. Mais, la gorge serrée, elle n'aurait pas pu articuler un mot. Avec horreur, elle vit les deux regards lentement se tourner vers elle, le grand visage rugueux de Gaugrand, le menton en sabot de sa femme, le regard morne sous les sourcils broussailleux de l'un, le regard ardoise de l'autre, les deux regards, comme des projecteurs, qui éclairaient tout, la fuite, sa complicité. Mais elle ne bougeait pas, elle ne disait rien. Les mains sur la table, de part et d'autre d'une assiette à fleurs roses, elle attendait, immobile.

— Vous savez où elle est, bien entendu, dit Mme de Gaugrand.

— Non, non, fit Minon de la tête, sauvagement.

— Ou vous ne voulez pas le dire.

Ce n'était pas une question. Mme de Gaugrand constatait. Et, comme d'habitude, ce qu'elle constatait était d'une évidence désolante.

— Elle va bien ? demanda Gaugrand.

Toujours les deux visages, gris tous les deux, les deux murs mais sur lesquels venait de passer quelque chose, une angoisse, une souffrance, comme l'ombre d'un goéland.

— Elle va bien, dit Minon.

XXIV

— Si vous voulez mon avis, dit Rimbaud, tout cela n'est pas sérieux.

— Développe ton idée, dit Mazarin.

Ils étaient dans le petit café de la rue Tournefort. Une version particulièrement ardue, un texte de Sénèque, les avaient occupés pendant une grande demi-heure. C'était Valmont surtout qui avait démêlé le texte. Rimbaud, lui, était sombre. Le menton dans la main, il s'était contenté de noter les indications de Valmont. Puis, comme Mazarin prononçait le nom de Denise, il avait éclaté.

— Non, ce n'est pas sérieux. Cela fait maintenant une quinzaine de jours que ça dure. Vasselard qui, tranquillement, va de sa boutique à l'hôtel, de l'hôtel à sa boutique. Et Denise, dans son lit, qui l'attend. Elle est toujours séquestrée. Elle n'a fait que changer de chambre. Ce n'est pas ce que nous voulions. Nous ne l'avons pas sauvée pour en faire une pensionnaire de maison close.

— Tu as de ces expressions.

— Où est la différence ? Elle attend. Il vient. En

partant, il lui laisse de quoi payer son hôtel, sa nourriture. Et encore... Hier, quand je suis allé la voir, elle mangeait des tranches de jambon, pour son dîner. C'était Vasselard qui les lui avait apportées, pour faire des économies. Des tranches de jambon qu'il a peut-être volées chez lui. Je trouve ça répugnant.

— Tu es encore allé la voir hier ? dit Valmont. Tu y passes ta vie alors ?

— Cette affaire nous concerne, dit Rimbaud sèchement. Je la surveille.

Rimbaud avait fait des progrès : il ne rougissait plus.

— Précisément, dit Mazarin, nous concerne-t-elle encore ? Denise est contente. Que veux-tu de plus ? Laisse-les s'arranger.

— Vous voyez bien que Denise n'a pas la tête sur les épaules.

— Ça, dit Mazarin avec indifférence. Tu connais beaucoup de femmes qui aient la tête sur les épaules ?

— Evidemment, dit Valmont d'une voix raisonnable. Je reconnais que tout cela n'est pas très brillant. Mais que veux-tu qu'il fasse, Vasselard ? Avant tout, il doit divorcer.

— S'il aimait vraiment Denise, la laisserait-il croupir dans cet hôtel ? Vous le feriez, vous ?

Cette hypothèse laissa Valmont et Mazarin sans voix.

— Il pourrait l'installer.

— Un appartement, cela ne se trouve pas comme ça...

— Je me suis informé, trancha Rimbaud. Une

chambre meublée se trouve assez facilement. Cela lui coûterait même moins cher. Lui qui aime tant les économies. Il pourrait aussi déjà s'être séparé de sa femme. Non, il n'en fait rien. Voulez-vous que je vous dise : ce gars-là ne songe pas du tout à divorcer.

— Allons, allons, dit Mazarin. Tu n'as jamais pu souffrir Vasselard. Si, si, je l'ai bien remarqué. La haine t'égare.

— Absurde, dit Rimbaud. Il m'est indifférent, moi, ce Vasselard.

— Il nous l'a dit, qu'il divorçait.

— Moi aussi je peux dire que je divorce. C'est facile, de le dire. Où sont les preuves ?

— Tu n'as pas non plus de preuves qu'il ne divorce pas.

— J'y ai pensé, dit Rimbaud.

Il souleva les paupières vers le cadran qui surplombait la cloison de verre historié.

— Six heures dix. Vasselard est certainement chez Denise. C'est le moment d'opérer.

Le visage blond de Valmont eut une expression inquiète.

— Dans quoi vas-tu encore nous entraîner ?

— Oh ! rien, dit Rimbaud. Trois fois rien.

Sa hargne débridée, il semblait avoir retrouvé son égalité d'humeur.

— Un coup de téléphone à donner. Cela vous plaît, le téléphone, non ?

— Ah ? dit Mazarin, l'air gourmand. C'est moi qui m'en charge ?

— Non, dit Rimbaud. Je veux voir ça moi-même. Garçon ! l'annuaire des téléphones !

— Il est dans la cabine, rétorqua le garçon, qui, assis à une table, dévorait une bande dessinée ayant trait à Landru.

— Voilà comment on traite les clients, commença Valmont *mezza voce*. Tels sont les fruits de la Révolution.

Il y a un mois encore, ce propos aurait suscité une discussion infinie. Rimbaud aurait prôné la Commune. Mazarin aurait loué le gouvernement des princes-évêques. Ces jeux étaient dépassés.

— Allons dans la cabine.

Ils y allèrent. La cabine était minuscule. Valmont et Mazarin restèrent sur le seuil. Debout dans sa boîte étroite, Rimbaud forma un numéro, écouta, cligna de l'œil vers ses deux amis. Valmont se rongeait un ongle.

— Allô ! Pourrais-je parler à M. Vasselard ?... Il n'est pas là ?... Oh ! oh ! C'est Mme Vasselard, je suppose ?

Pour parler au téléphone, Rimbaud avait pris une drôle de voix, sucrée, de petit garçon. Un peu la voix de Mazarin.

— Ici, l'étude de Me Garçon, madame... Oui, l'avocat... Je ne sais comment m'excuser, madame. Je fais appel à votre bon cœur. Vous pouvez m'éviter une algarade de mon patron. J'ai ici une instance en divorce déposée par M. Vasselard, et voyez mon étourderie...

Il en avait même de petits rires.

— ... J'ai oublié de noter son adresse. Alors je téléphone à tous les Vasselard de l'annuaire. Ce n'est pas votre mari qui serait en instance de divorce ?... Je m'excuse de vous demander cela... Non ?... Alors vous, peut-être, madame ?... Vous êtes sûre ? Personne ne divorce ?... Oh ! on est parfois distrait.. Bien, bien, madame. Je n'insiste pas. Non, non, madame, c'est ma faute. Décidément, il faudra que je me décide à avoir de l'ordre. Mon père me le disait bien... Merci encore, madame.

« Hein ! dit-il triomphalement en regardant ses deux amis. Jamais entendu parler de divorce, la petite dame. »

— Ils ont pu confier l'affaire à un autre avocat.

— Mes petits vieux, une femme qui a un divorce dans ses perspectives immédiates et à qui on donne le coup de téléphone que j'ai donné, cette femme-là s'étonne, s'inquiète, parle de coïncidence, donne une explication. Il y a une nuance qui passe, en tout cas. Ici, elle n'a pas passé. Pour cette femme, présentement, le divorce, c'est la lune.

Ils regagnèrent leur table jonchée de cahiers.

— Vasselard a pu faire les démarches de son côté, en cachette de sa femme...

— Non, il nous a dit qu'elle était d'accord. D'ailleurs, elle est irréprochable. Il faut bien qu'elle soit consentante.

— Ah ! le salaud ! dit Valmont, le regard au loin, le poing sur la table.

— Inconcevable ! ajouta Mazarin. Vous me direz ce que vous voudrez, les vieux, ce n'est pas facile à comprendre.

Valmont et Mazarin étaient très accablés. Rimbaud sut les ranimer. Il fallait faire quelque chose. Mais quoi ? Rimbaud en tenait pour l'éclat : balayer le salaud, changer Denise d'hôtel.

— Avec quel argent ? objecta Valmont, lequel finit par rallier Mazarin à une solution dont Rimbaud, en vain, dénonça la mollesse : il fallait en parler à Minon.

Après les avoir beaucoup insultés, Rimbaud sembla se calmer.

Mais le lendemain, à cinq heures, il était chez Denise. Elle était levée, cette fois, en peignoir, son peignoir bleu, à fleurettes roses, toujours décousu à l'épaule. Assise sur le lit défait, les mains au creux des genoux. Rimbaud était debout, devant elle.

— Vous avez compris, n'est-ce pas ?

Elle leva la tête. Elle était toujours pâle, son visage si pâle sous les cheveux sombres.

— Oui, dit-elle.

Mais un oui faible, indifférent. Rimbaud se pencha, lui prit les mains.

— Je vous dis qu'il ne vous aime pas, qu'il ne vous a jamais aimée. Essayez de voir clair... Cet homme est affreux. Il vous dit qu'il va divorcer. Ce n'est pas vrai. Il ment. Je vous l'ai expliqué. Nous en avons les preuves. Vous me croyez, n'est-ce pas ?

— Oui.

Elle avait baissé la tête. Rimbaud se mit à genoux. Ce n'était que pour retrouver le regard de Denise. Mais il le faisait avec un singulier bonheur.

— Denise, il faut me croire. C'est votre vie que vous sacrifiez, pour cet homme, qui est un faible, qui est un lâche, qui est un menteur. Vous ne serez pas sa femme. Il ne tient qu'à une chose : son petit négoce. Il ne divorcera pas.

Elle le regardait pensivement, de ses yeux où de lointains feuillages s'écartaient.

— Il ne vient que pour coucher avec vous, reprenait Rimbaud avec hargne. Le jour où cela ne l'amusera plus, le jour où il trouvera que cela lui coûte trop cher...

Il eut un regard haineux pour le lit, pour le papier peint mauve à bandes amarante.

— Cette chambre... Ces tranches de jambon... Il vous abandonnera, il vous laissera tomber. N'ayez pas de pitié non plus. Vous devez rompre. Tout de suite. Vous le lui direz, aujourd'hui même. Denise... Denise...

— Vous m'aimez ? dit-elle.

Il y eut alors ceci : des larmes dans les yeux de Rimbaud.

— Je vous aime, dit-il.

Elle passa la main sur le visage de Rimbaud. Elle avait l'air étonnée, inquiète. Elle caressait le visage doucement, comme si elle avait peur d'y toucher, ses doigts qui passaient, qui effleuraient, comme un cheminement d'oiseau. Le visage de Rimbaud était levé vers elle, ouvert, offert. Denise se pencha. Leurs lèvres se joignirent. Ils se regardèrent encore. La stupeur avait passé. Il ne restait qu'un éblouissement.

— Je t'aime, dit Rimbaud.

Elle passa encore la main sur son visage. Ses doigts touchèrent les lèvres de Rimbaud.

— Tu es un petit garçon.

— Ne croyez pas cela, dit Rimbaud, un rire sauvage dans la voix.

Puis, tendrement :

— C'est toi qui es une petite fille. Ma pauvre petite fille malheureuse, perdue... Mon amour...

Il se pencha. Sa joue effleura celle de Denise. Il se releva.

— Tout va être très simple, maintenant. Ne t'inquiète pas. Je te sauverai.

Elle le regardait. Debout devant la fenêtre, dans sa canadienne, c'est vrai qu'il n'avait plus l'air d'un petit garçon.

— Je m'en occupe, dit-il. A plus tard.

Il sortit de la chambre. Descendit. Alla s'installer dans le salon de l'hôtel. C'était une pièce étroite, toute en longueur, obscure. Il y avait un piano droit, un buste de Liszt sur la cheminée, des bouquets de fleurs artificielles et des tables d'osier recouvertes de napperons incroyables. Le bureau était en face. La préposée y colligeait un registre et, de temps en temps, relevait la tête pour adresser à Rimbaud un regard intéressé mais plutôt sympathique. A cinq heures et demie, arriva l'antiquaire. Rimbaud bondit de sa bergère.

— Monsieur Vasselard ! dit-il avec ampleur.

Vasselard sursauta, tendit la main. D'un shake-hand irrésistible Rimbaud l'entraîna dans le salon.

— C'est que je suis assez pressé, dit l'antiquaire.

— Moi aussi, dit Rimbaud. Ce ne sera pas long.

Il referma la porte. Au-dessus du brise-bise, il vit encore le regard de la préposée. Etait-ce une idée ? Il lui sembla que ce regard était encourageant.

— J'ai eu un longue conversation avec Denise, dit Rimbaud. Elle s'inquiète.

— De quoi ?

— La situation n'est pas très claire.

— Elle aurait mieux fait de m'en parler à moi, dit Vasselard avec une certaine raideur.

Il avait son air le plus distingué. Chapeau mou. Paletot gris. Un petit paquet au bout des doigts. Des tranches de jambon peut-être. Son visage rose, bien rasé.

— Elle n'ose pas. Vous avez déjà tant de tracas, dit Rimbaud avec une ironie infinie. Et puis cela nous intéresse aussi.

— A quel titre ?

— Nous aimerions savoir quelles sont vos intentions.

Vasselard haussa les épaules, fit un pas vers la porte. Rimbaud en fit un aussi. La route était barrée. La canadienne, les mains dans les poches, la frange de cheveux sur le front : l'obstacle était sérieux.

— Mes intentions sont très claires.

— Où en est votre divorce ?

— Mon petit ami, dit Vasselard, pourrais-je vous demander de vous mêler de ce qui vous regarde ?

— Cela me regarde, rétorqua Rimbaud rudement. Nous avons délivré Denise. Ce n'est pas pour lui faire mener une vie indigne.

— Est-ce ma faute ? Je dois divorcer, bouleverser toute ma vie. Cela demande du temps.

— Je pense bien, dit Rimbaud. Surtout quand on ne commence pas.

— Cela veut dire ?

Rimbaud pencha la tête, eut une sorte de sourire, passa nonchalamment le pied contre le tapis, deux ou trois fois.

— Je suis passé au tribunal. Aucune instance en divorce n'a été déposée à votre nom.

— Ah ! ah ! dit Vasselard sarcastique. Parce que le tribunal vous tient au courant des instances en divorce ?

— J'ai mes informateurs, dit Rimbaud.

L'antiquaire, d'abord, pendant quelques secondes, en resta pétrifié. Puis il rougit violemment, et d'une voix étranglée par la fureur :

— C'est ma vie privée !

— Privée de tout sens moral, énonça gravement Rimbaud.

— Je vous défends...

— Contre qui ? Je me défends tout seul.

Rimbaud était assez content. « Vrai dialogue de théâtre, se disait-il, je suis très bien. » Vasselard semblait se calmer.

— Vous n'avez peut-être pas pensé, dit-il sur un ton sournois, qu'il me suffirait d'avertir le père de Denise...

— Et alors ? dit Rimbaud.

— Alors il viendrait la chercher et toute cette histoire serait finie.

— Bien sûr. Mais vous la perdriez. Pour l'instant, cela ne vous arrange pas.

— Qu'en savez-vous ?

— Et Mme Vasselard apprendra certainement avec beaucoup d'intérêt que, depuis quinze jours, un après-midi sur deux, vous rejoignez Denise dans une chambre d'hôtel payée par vous.

— Petit voyou !

— Petit ? demanda Rimbaud avec une expression de surprise peinée.

Il avait avancé. Vasselard recula.

— Puisque nous en sommes aux hypothèses, reprit Rimbaud, songez que nous pourrions aussi emmener Denise dans un autre hôtel.

— Elle me le téléphonerait aussitôt, dit Vasselard avec un mouvement de la tête en avant, comme une tortue.

— En êtes-vous sûr ?

— C'est ça que vous oubliez, mon petit ami : Denise m'aime...

A ce moment précis, posé de travers, la tête rentrée dans les épaules, comme recroquevillé sur lui-même, Vasselard était assez affreux.

— Elle m'aime, reprit-il avec un hochement de tête de maniaque.

— A votre place, dit Rimbaud, j'essaierais d'avoir sur ce point des informations plus récentes.

— Voulez-vous que nous allions le lui demander ?

— Allez-y, dit Rimbaud en s'inclinant, la main vers la porte, un pied en arrière.

L'antiquaire hésita une seconde. Puis il sortit. Rimbaud eut un sourire satisfait et même, il faut bien le dire, assez vain. Il alluma une cigarette, adressa un salut cordial au buste de Liszt. Tout allait bien. Denise l'aimait. Dans trois minutes, l'antiquaire serait balayé, à jamais. Quant à l'argent, Rimbaud ne s'en préoccupait plus. Il était bien décidé : ce soir même, il aurait un entretien avec son père. Son père était un homme à comprendre les choses. On trouverait pour Denise un petit emploi tranquille. Rimbaud, son baccalauréat passé, pourrait gagner sa vie. Ils auraient des fiançailles un peu longues, voilà tout.

Après un quart d'heure cependant, Rimbaud commença à s'inquiéter. N'avait-il pas été trop élégant de permettre cette dernière entrevue ? Bien sûr, Denise seule pouvait signifier à l'antiquaire son congé. Mais Denise... Et ce salaud... Pris d'une terreur, Rimbaud courut, négligea l'ascenseur, arriva haletant au sixième. La porte était fermée à clef. Rimbaud secoua la poignée. Il y eut un silence, puis un chuchotement et enfin la voix de Denise :

— N'entrez pas.

XXV

L'entrevue avec l'antiquaire avait eu lieu un samedi. Du dimanche matin au mercredi soir, tant avec son père qu'avec ses deux amis, Rimbaud ne proféra pas quinze phrases. Le jeudi enfin, assez tôt, vers dix heures, il retourna chez Denise. Il avait les traits tirés et, sous sa frange, une expression tendue. Dans le métro, un quidam l'ayant effleuré, Rimbaud l'avait repoussé avec une telle âpreté que, terrorisé, le quidam avait préféré monter dans la voiture suivante. Rimbaud ouvrait la porte de l'ascenseur lorsque, surgissant de son habitacle, la demoiselle du bureau l'interpella.

— Votre amie ? Elle est partie.

La main sur la poignée de la porte, la tête tournée, Rimbaud ne bougeait pas.

— Elle est partie. Il n'y a pas une demi-heure.

Rimbaud redescendit vers elle. La demoiselle se réfugia derrière son comptoir.

— Partie ou sortie ?

— Partie. Elle avait sa valise. Elle a fait venir un taxi.

— Pour où ?

— Elle ne m'a rien dit. Je n'ai pas pu entendre ce qu'elle disait au chauffeur.

Elle était folle de curiosité, la demoiselle. Un zèle brûlant animait son regard derrière ses lunettes. Cette jeune fille qui ne sortait jamais, ces deux hommes qui se succédaient...

— Vous permettez que j'aille dans sa chambre ? dit Rimbaud.

— Si vous voulez.

Rimbaud monta. L'ascenseur, pendant quelques instants, fut pour lui comme un havre. Pour la première fois, il ne s'irritait pas de sa lenteur. Au contraire, ce lent glissement le long d'une colonne huileuse, c'était comme un baume, comme un dernier moment de bonheur. A peine sorti de l'ascenseur, il fut repris par son agitation. La chambre n'avait pas encore été refaite. Le lit était ouvert. Mais il ne restait rien, pas un objet, pas un indice. Rimbaud redescendit.

— Elle est partie toute seule ?

— Toute seule, oui.

Il courut chez l'antiquaire, le trouva dans son magasin. En le voyant entrer, Vasselard prit un air raide. Il le perdit bientôt.

— Où est Denise ?

— A son hôtel, je suppose.

— Elle n'y est plus.

L'antiquaire alla jusqu'à la porte du fond, écouta un moment, son visage rose à la fois crispé et anxieux.

— Plus bas, dit-il à Rimbaud. Elle n'est plus à l'hôtel ?

— Non.

— Elle y était hier soir...

— Mais ce matin elle est partie. Valise, taxi. Disparue.

Leurs deux têtes rapprochées, parlant bas, ils avaient l'air de deux marionnettes véhémentes.

— Je ne vous crois pas, dit brusquement Vasselard.

Il secouait la tête. Non, non.

— Venez voir.

L'antiquaire regarda Rimbaud, un regard furtif, hésitant. Puis il retourna à la porte du fond, passa la tête, sa main contre le chambranle.

— Marthe ! Marthe !

On entendit claquer une porte.

— Je dois sortir. Une course urgente. Surveille le magasin !

Le chapeau de travers, Vasselard passait son manteau.

— Vite ! Avant qu'elle descende.

Avant de sortir, il prit le temps de rajuster son chapeau cependant, devant un miroir de Venise, en se penchant, le miroir étant posé à même le plancher.

— Vous savez, je ne vous crois pas encore...

Mais il se hâtait vers un taxi, le visage défait.

— Non, dit-il dans le taxi. Ce n'est pas possible.

Ils arrivèrent à l'hôtel.

— Je m'excuse, madame, dit Vasselard à la préposée. L'affaire est grave. Mlle de Gaugrand est ma pupille.

La préposée eut un sourire orgueilleux. Ma pupille ! Mais comment donc !

— Ah ! elle est partie, monsieur. Vous ne m'aviez

pas donné d'instructions. Pouvais-je savoir ? Elle a pris un taxi.

— Et ce taxi ?

— C'est moi qui l'ai appelé. Il passait dans la rue. Comment le retrouver ?

La demoiselle y mettait toute sa bonne volonté.

— Elle n'avait pas l'air triste ? demanda Rimbaud.

La demoiselle se recueillit un instant, les yeux mi-clos derrière ses lunettes.

— Non. Elle n'avait pas d'air du tout.

Ils montèrent dans la chambre. Le lit était toujours défait.

— J'ai déjà cherché partout, dit Rimbaud.

Par acquit de conscience, il ouvrait encore les tiroirs de la commode. Vasselard, lui, était resté debout, à un pas de la porte. Des tics, comme des ondes, passaient sur son visage. Dans un geste figé, idiot, il tenait le bras droit replié, sa main gantée tenant l'autre gant, comme on tient un bouquet, comme un mannequin. De temps en temps, un mot, un bout de phrase.

— C'est trop fort... Je n'y comprends rien... Mais...

Il a fait un pas et, devant le lit, il s'est effondré, il est tombé à genoux, le visage dans les draps, les deux bras de part et d'autre de la tête, l'un des deux battant les couvertures, à grands coups sourds. Coincé entre le front et le lit, le chapeau s'était bizarrement rabattu et découvrait les cheveux rares, la peau rose du crâne. Vasselard sanglotait. C'étaient des aspirations brèves, brusques comme si, chaque fois, on l'avait frappé. La tête fourrageait dans les draps, le chapeau suivait le mouvement. Rimbaud se tourna vers la fenêtre. Il avait mal, il se mordait la lèvre. Tout cela était monstrueux.

Les sanglots avaient cessé. Rimbaud se retourna. L'antiquaire était toujours à genoux, derrière le lit, mais il avait relevé la tête. Comme c'est étrange, un homme qui a pleuré ! Ce visage devenu soupe, devenu bouillie, ce marais spongieux, cette couperose des larmes.

— C'est votre faute, dit-il en brandissant le poing. Votre faute.

De dessous sa frange, Rimbaud le regardait.

— Vous lui avez fait croire que vous l'aimiez.

— Mais je l'aimais, dit Rimbaud.

— Vous l'aimiez vraiment ? Ce n'était pas encore un de vos tours ?

— Je l'aimais.

— Il fallait me l'enlever alors, dit Vasselard d'une voix qui traînait désespérément sur chaque mot. Il fallait me l'enlever. De force. La faire partir.

— C'était mon intention.

— Mais moi, pendant ce temps, je vous détruisais.

Il avait encore cette voix d'après les larmes, rompue, qui grince sur les syllabes.

— Elle me parlait de vous. Tout le temps. Il m'aime, disait-elle. Emerveillée. De la peine à le croire. Alors je vous détruisais. Puis, je n'y croyais pas. Je me disais que c'était encore pour m'embêter. Pour me léser. Je lui ai dit que c'était absurde, que vous vous moquiez d'elle, que vous n'étiez rien, un galopin, un lycéen, même pas vingt ans. Que vous ne pouviez rien lui apporter. Que cela vous passerait...

— Pourquoi n'êtes-vous pas parti ? dit Rimbaud.

— Et qui m'a supplié de revenir, jeune homme ? dit Vasselard d'une voix hargneuse.

Il se relevait. Son chapeau à la main, il passait la main sur ses genoux.

— Et tout ce que vous lui avez dit de moi ? Elle me l'a répété. Je répondais, forcément.

D'un geste machinal, du bout des doigts, il ouvrit l'armoire à glace.

— Je vous détruisais. Vous me détruisiez. Mais c'était elle qui prenait les coups. C'était elle que nous frappions. Comme des sourds, comme des imbéciles. Pan ! Pan ! Pan !

Le menton plus inexistant que jamais, il avait l'air d'un idiot de village, d'un maniaque.

— Tu veux le galopin ? Pan ! Tu veux l'antiquaire ? Pan !

— Vous ne l'aimiez pas, dit Rimbaud.

— Non, je ne l'aimais pas. Mais j'en avais envie. Vous ne savez pas ce que c'est, d'avoir envie. C'est autre chose que l'amour, vous l'apprendrez. Je raisonnais, je raisonnais...

Il passait la main sur l'oreiller, le dos de la main, d'un geste las. Puis, comme excédé :

— Mais je m'en fous, moi, de mon âme ! Mon âme, c'est ma femme, mes enfants, mes meubles. Est-ce que vous croyez que ça aide à vivre, les meubles, Louis XV, Louis XVI ? Tous ces trucs. Avec elle, je vivais. Mais est-ce qu'on sait ces choses-là ? Est-ce qu'on sait que ça existe ? Où est-elle maintenant ? On ne savait jamais ce qu'elle pensait. C'est vrai que ce n'était pas une vie pour elle. Elle n'osait plus sortir, elle avait peur des rues, des voitures. Hier, elle me l'a dit : « Je suis enfermée comme à la maison, c'est pareil. »

Il leva les yeux, regarda Rimbaud.

— Comme à la maison... Elle est rentrée chez elle...

— Vous croyez ?

— J'en suis sûr. Où aurait-elle pu aller ? Elle n'a pas d'argent. Hier, elle m'a demandé de quoi payer l'hôtel. J'avais calculé jusqu'à ce matin.

— Elle n'a peut-être pas payé...

— Pensez ! C'est la première chose qu'on nous aurait dite en bas. Et on ne l'aurait pas laissée partir. Elle est chez elle, je vous dis.

— Nous allons bien voir, dit Rimbaud.

Il prit le téléphone, demanda à la demoiselle du bureau de lui donner un numéro.

— Allô ! Mlle Minon ?

— C'est moi.

— Savez-vous où est Denise ?

— Oui, dit la voix très vite. Je sais. Attendez-moi à la Porte d'Orléans, cet après-midi, à deux heures.

XXVI

Denise était rentrée. Vers dix heures. Elle a ouvert la porte-fenêtre du salon. Minon était là, qui passait un chiffon sur la belle commode. Et Gaugrand, lisant son journal. Denise a dit à Minon, mais très simplement, sur un ton uni :

— J'ai laissé le taxi devant la grille. Veux-tu aller le payer ? Je n'avais plus d'argent.

M. de Gaugrand s'est levé, très lentement. Denise n'a pas eu un regard vers lui. Elle était pâle. Elle avait son manteau bleu, trop étroit. Sa valise battant contre sa jambe, ce qui lui faisait une démarche gauche, misérable ; elle a traversé le salon.

— Denise, a dit Gaugrand.

Elle ne s'est pas arrêtée, pas retournée. On a entendu son pas dans l'escalier, le heurt de sa valise contre les marches, la porte de sa chambre. Gaugrand s'est baissé, a ramassé son journal. Il était resté debout. Le journal pendait devant lui. Minon avait toujours la main sur la commode, tenant son chiffon jaune. Gaugrand lui a dit enfin :

— Il faut payer ce taxi.

Un peu plus tard, Mme de Gaugrand est descendue. Son mari lui a dit, très agité :

— Denise est rentrée.

Mme de Gaugrand a répondu strictement ceci :

— Ah ! Tant mieux.

Elle est entrée dans la cuisine, a pris la voiture d'enfant, et parlant entre ses dents, ne s'adressant sans doute à personne en particulier, elle a ajouté :

— Je ne serais pas revenue, moi.

A midi vingt, du bas de l'escalier, Minon a appelé :

— Denise ! Le déjeuner !

Denise n'a pas répondu, n'est pas descendue. A midi et demi, Minon a encore appelé. Puis elle est montée. Denise était dans sa chambre, assise sur sa chaise, au milieu de la pièce, sous l'ampoule qui pendait du plafond. Les volets étaient fermés. Denise n'avait pas enlevé son manteau. Elle était penchée, ses deux mains tendues vers le petit radiateur électrique. Depuis son départ, pourtant, le radiateur avait été remis dans la salle de bains. Denise l'y avait repris.

— Viens déjeuner, a dit Minon.

Denise n'a pas levé les yeux. Elle a dit :

— Non. Papa va monter mon plateau.

*

— Mais c'est impossible ! s'exclama Rimbaud. Nous ne pouvons pas l'accepter. Tout recommence alors ? Il nous faut l'enlever une seconde fois.

— Denise ne partira plus, dit Minon.

Ils étaient dans le café-tabac de la Porte d'Orléans,

Minon sur la banquette, les trois garçons autour de la table, Rimbaud, agressif, révolté, les deux autres silencieux, Mazarin qui se rongeait un ongle.

— Mais, Minon, dit Rimbaud d'une voix qui, brusquement, avait fléchi, rien n'a changé.

— Elle ne partira plus, dit Minon. Je l'ai bien compris quand elle est passée devant moi. Denise est morte maintenant. Il n'y a plus rien.

Toujours agile, son regard passait sur les verres, sur les clients, faisait le tour du café. Il s'arrêta une seconde sur Rimbaud.

— Vous le savez, qu'il n'y a plus rien.

Rimbaud baissa la tête.

— Il aurait fallu l'envoyer loin d'ici, loin de ce Vasselard, reprit Minon. Comment le faire ? Où trouver l'argent ?

— Oh ! l'argent ! dit Rimbaud avec rage.

— Il ne faut plus y penser, dit Minon.

XXVII

Denise est dans sa chambre. En peignoir. Son peignoir bleu. Il est tard certainement. Du noir, on le sent bien, pèse contre les volets. Et le silence aussi. Le silence de la nuit. Qui appuie contre les murs. Denise n'est plus peignée du tout. Ses cheveux pendent. Elle a maigri aussi. Ce n'est pas assez de dire que son visage et pâle : il est blanc. A moins que ce ne soit cette lumière, cette ampoule qui pend du plafond. Denise va vers la porte. L'ouvre. La seconde porte. Elle l'ouvre aussi. Depuis le retour de Denise, M. de Gaugrand ne ferme plus cette porte à clef. Denise est dans le couloir. Elle tâtonne le long de la muraille. Elle cherche le commutateur. Il n'y a jamais eu de commutateur à cet endroit-là. Le commutateur est plus loin. Denise ne le trouve pas. Mais un peu de lumière l'éclaire, qui vient du salon, en bas, par la porte vitrée. Denise descend l'escalier. Les fenêtres sont toutes noires. De grands blocs de marbre sombre. Denise ouvre la porte du salon. Trois visages se tournent vers elle. M. de Gaugrand et Minon au-dessus de leurs cartes, Mme de Gaugrand plus loin, au-dessus de son livre. Elle est assise près de la cheminée, Mme de Gaugrand, sous une autre lampe, comme sur une autre planète. Denise avance. Plutôt lentement. M. de Gaugrand baisse les yeux sur ses cartes, prend le valet de pique, le jette. Mme de Gaugrand est retournée à son livre. Minon seule regarde encore.

— J'ai joué, dit M. de Gaugrand.

Minon sursaute. Ses sourcils roux froncés, elle regarde le valet de pique, jette le roi de pique. Denise contourne la table à jouer. Bien qu'il soit passé, le tapis vert brille sous la lumière. Ou plutôt il s'impose. Il a quelque chose de menaçant. M. de Gaugrand est appuyé contre le dossier de sa chaise. Minon lève les yeux. Denise s'assied sur le canapé. Elle est ainsi tout près de la table, le menton à peu près à la hauteur du tapis vert.

— J'ai joué, dit M. de Gaugrand.

Sur la table, il y a le dix de pique. Minon joue, ramasse la levée. Denise a posé sa main sur la table. Sa main gauche. Celle qui est du côté de son père. C'est à Minon de jouer. Elle regarde ses cartes. Ses cartes tremblent. M. de Gaugrand pose sa main sur celle de Denise. Il prend la main de Denise dans la sienne. Denise soupire. Minon ne regarde plus ses cartes. Elle regarde ces deux mains. Gaugrand n'a pas levé les yeux. Il caresse la main de Denise. Minon jette ses cartes, toutes, sur la table. Elle se lève. Elle sort. M. de Gaugrand caresse la main de Denise.

XXVIII

Quelques jours plus tard, un matin, en descendant, M. de Gaugrand eut la surprise de ne trouver ni son petit déjeuner, ni le plateau de Denise, ni même Minon. La maison était endormie, tous les volets clos. Etonné, vaguement inquiet mais n'osant prendre sur lui d'aller réveiller Minon (depuis deux ou trois semaines, elle montrait une humeur difficile), Gaugrand se fit lui-même du café, prépara le plateau de Denise, le monta. A neuf heures douze, comme il remontait la pendule du salon, Minon entra. Elle était déjà habillée, tailleur noir, chemisier strict, chapeau sur la tête, manteau sur le bras. Elle déposa son manteau sur une chaise et, sans laisser à Gaugrand le temps de proférer un mot, elle lui déclara qu'elle partait, qu'elle quittait la maison, qu'il était inutile de discuter, que sa décision était arrêtée et qu'elle estimait n'avoir pas à donner ses raisons. Dans sa stupeur, M. de Gaugrand en oublia le verre de la pendule qui, depuis longtemps, ne tenait plus que tout juste. Le verre tomba, se brisa. Gaugrand dit :

— Oh ! le verre.

Minon n'y prit pas garde. Elle avait son air des mauvais jours, son expression boudeuse, la tête détournée et le regard ailleurs.

— Pour partir, j'ai besoin d'argent, a-t-elle poursuivi.

Gaugrand eut un geste vers sa poche intérieure.

— Non, non, dit Minon sur un ton fort sec. Je ne réclame que mon dû. Depuis que je suis chez vous et malgré les dévaluations successives, mes gages n'ont jamais été augmentés. Je ne vous reproche rien. Je ne vous ai jamais rien demandé. Mais maintenant, je réclame l'arriéré, tout l'arriéré. D'après les tarifs syndicaux, bien entendu.

— Mais, ma chère Minon..., dit Gaugrand que la nouveauté de ce vocabulaire affolait presque autant que l'imprévu de la situation.

— Je sais, dit-elle. Cela fait une somme considérable. D'autre part, mon avocat est formel. Si je vous fais un procès, je suis sûre de le gagner. Je vous propose un arrangement. En guise de dédommagement, vous me laisserez emporter la belle commode. J'en ai parlé à M. Vasselard. Il m'en offre une somme convenable.

M. de Gaugrand n'a pu que balbutier un acquiescement. Minon a immédiatement téléphoné au garage de Bièvres. L'affaire devait avoir été préparée de longue main car Minon s'est contentée de dire :

— Vous pouvez venir...

Le garage est tout à côté. Quelques minutes plus tard, deux hommes sont arrivés. Ils ont emporté la commode. Ils ont emporté les deux malles de Minon. Là, Gaugrand a semblé se ranimer. Il a voulu porter lui-même la valise de Minon. Minon s'y est opposée. Elle n'est pas montée chez Mme de Gaugrand. Elle n'a pas demandé à voir Denise. Elle n'a plus rien dit, même pas : au revoir. Rien. Son petit visage était dur, fermé. Devant la grille pourtant, comme les deux hommes achevaient de charger ses malles, Minon s'est retournée. M. de Gaugrand était debout, sur le seuil de la porte-fenêtre. Il a fait un geste de la main, timide, comme une feuille qui bat un instant sur un vieux mur. Minon n'a pas répondu. Aucun des deux n'a su que l'autre avait les yeux pleins de larmes.

A Paris, après avoir fait déposer la commode chez Vasselard, Minon s'est installée à l'hôtel de Suède, le seul hôtel qu'elle connût, à part le Ritz, où elle descendait jadis, lorsqu'elle était demoiselle de compagnie chez l'ancien ministre. Comme elle n'y était venue voir Denise qu'une seule fois, la vestale du bureau ne l'a pas reconnue. Elle a déjeuné dans un restaurant d'étudiants, rue Soufflot. Elle a écouté les conversations autour d'elle, qui l'ont amusée. Deux ou trois fois, elle a eu son sourire de Voltaire. Un moment, elle a même pouffé : elle venait de penser à Mme de Gaugrand obligée de faire la cuisine. L'après-midi, elle a écrit à quelques-unes de ses correspondantes. Elle compte bien que celles-ci lui trouveront un emploi. Si cela ne va pas, elle fera insérer une annonce. Les trois cent mille francs de la commode et sa petite rente viagère lui permettent de penser à l'avenir sans inquiétude et même de se donner un peu de bon temps. En attendant les réponses, elle se promène, visite les musées et, le soir, elle va au théâtre. Un jour aussi, elle est allée à la sortie du lycée Henri-IV. Elle a emmené les trois garçons dans une pâtisserie et là, à chacun, elle a remis son cadeau : pour Mazarin, un bracelet-montre ; pour Valmont, un stylo ; pour Rimbaud, trois cravates et trois paires de bas à jarretière. Elle était lasse de lui voir des chaussettes retombées sur ses souliers. Dans une des paires de bas, elle avait glissé un petit mot : « Je suis à l'hôtel de Suède. Venez quand vous voudrez. Cela me fera plaisir. » Les deux autres n'avaient pas de petit mot. Minon ne tient pas à les revoir. Valmont l'a déçue. Mais Rimbaud, de temps en temps, va la voir. Elle a, pour lui, une bouteille de whisky, des cigarettes, mais elle ne lui en donne que modérément. Elle parle, elle égrène des souvenirs. Rimbaud écoute, s'assoupit. Sa peine s'endort. Lors de sa première visite, il a prononcé le nom de Denise. Minon lui a dit :

— Si c'est pour me parler d'elle, ne venez plus me voir.

Puis elle a posé sa petite main ridée sur la grosse patte de Rimbaud.

— Il faut parfois rayer les choses, les gens. Rayer tout à fait.

Rimbaud ne lui a jamais dit que, le jeudi, le dimanche, parfois il va à Bièvres. Par le sentier d'où, un jour, il a vu déboucher Minon, il gagne la lisière du petit bois. De là, entre les arbres, il voit la maison, la façade gris pâle, la fenêtre de Denise. Assis sur une grosse pierre, Rimbaud écoute, guette, attend. Rien ne bouge. Là-bas, les volets sont fermés. Tout est silencieux. Sauf un avion qui, parfois, atterrit sur la plaine proche, ou qui décolle. Ou un hélicoptère. Un jour, un vieil homme est passé. Il débouchait du sentier. Rimbaud a imaginé que c'était M. de Gaugrand. Ils se sont regardés. Il avait une grande figure crevassée, ce vieil homme, un air délabré. Peu à peu, Rimbaud a pris l'habitude de se promener. Rien que quelques pas d'abord, sans s'éloigner de la lisière du petit bois. Puis, il est allé plus loin. Il découvre des choses dont il n'avait pas idée : les feuilles encore toutes fraîches, d'un vert de laitue, les genêts, de petites fleurs dans les taillis, bleues ou blanches ou jaunes, d'un jaune vif, beurré. Tout change d'une semaine à l'autre. Il y a eu deux ou trois jours d'orages. Lorsque Rimbaud est revenu, c'est à peine s'il a reconnu les sentiers envahis par de hautes herbes. Il y a par là aussi un verger abandonné. Les cerisiers sont en fleur — enfin des arbres, Rimbaud n'est pas trop sûr que ce soient des cerisiers. Il en détache une branche. Se peut-il que tout cela soit libre ? Dans le verger abandonné, Rimbaud hésite. Puis il avance, il marche, il écarte les ronces, les genêts. Tout cela est libre. Il s'étend dans l'herbe. Il regarde les nuages. Tout cela est libre. Il y a du soleil. Un soleil encore timide, pas très chaud. Des aubépines aussi. Rimbaud se promène. Rimbaud taille une branche, la fait siffler, décapite les chardons. Rimbaud traverse les taillis. Hier encore, cependant, il est retourné à la lisière du petit bois. La maison maintenant a disparu derrière les feuilles.

FIN

DU MÊME AUTEUR

Aux Éditions Gallimard

Romans

CAPRI PETITE ÎLE.
L'HOMME DU ROI.
BERGÈRE LÉGÈRE.
CHAIR ET CUIR.
CHASSENEUIL.
LES ÉLANS DU CŒUR.
CREEZY.
LE CORPS DE MON ENNEMI.
APPELEZ-MOI MADEMOISELLE.
LES PASSIONS PARTAGÉES.
UN OISEAU DANS LE CIEL.
LA TERRASSE DE LUCREZIA.

Nouvelles

LES BELLES NATURES.
LES INGÉNUS.

Mémoires

LES ANNÉES COURTES.

Théâtre

L'ŒUF.
LA BONNE SOUPE.
LES CAILLOUX.

THÉÂTRE

I. Caterina – La bonne Soupe – La Preuve par quatre.

II. L'Œuf – L'Étouffe-chrétien – La Mort de Néron – Madame Princesse.

UN JOUR J'AI RENCONTRÉ LA VÉRITÉ.

LE BABOUR.

L'OUVRE-BOÎTE.

L'HOMME EN QUESTION.

À NOUS DE JOUER.

Essais

CASANOVA OU L'ANTI-DON JUAN. *(Nouvelle édition en 1985.)*

BALZAC ET SON MONDE. *(Nouvelles éditions en 1971 et 1986.)*

LES PERSONNAGES DE LA COMÉDIE HUMAINE.

LE ROMAN EN LIBERTÉ.

UNE INSOLENTE LIBERTÉ, LES AVENTURES DE CASANOVA.

DISCOURS DE RÉCEPTION DE FÉLICIEN MARCEAU À L'ACADÉMIE FRANÇAISE ET RÉPONSE D'ANDRÉ ROUSSIN.

DISCOURS DE RÉCEPTION DE MICHEL DÉON À L'ACADÉMIE FRANÇAISE ET RÉPONSE DE FÉLICIEN MARCEAU.

Chez d'autres éditeurs

EN DE SECRÈTES NOCES. *(Éditions Calmann-Lévy.)*

LA CARRIOLE DU PÈRE JUNIET. *(Éditions La Différence.)*

LA TRILOGIE DE LA VILLÉGIATURE, de Carlo Goldoni. (Adaptation de Giorgio Strehler.) *(Éditions de la Comédie-Française.)*

DIANA ET LA TUDA, de Luigi Pirandello. *(Éditions Denoël.)*

LES SECRETS DE LA COMÉDIE HUMAINE. *(Éditions de l'Avant-Scène.)*

COLLECTION FOLIO

Dernières parutions

2495.	Josyane Savigneau	*Marguerite Yourcenar (L'invention d'une vie).*
2496.	Jacques Sternberg	*Histoires à dormir sans vous.*
2497.	Marguerite Yourcenar	*Mishima ou la vision du vide.*
2498.	Villiers de L'Isle-Adam	*L'Ève future.*
2499.	D. H. Lawrence	*L'Amant de Lady Chatterley.*
2500.	Collectif	*Mémoires d'Europe I.*
2501.	Collectif	*Mémoires d'Europe II.*
2502.	Collectif	*Mémoires d'Europe III.*
2503.	Didier Daeninckx	*Le géant inachevé.*
2504.	Éric Ollivier	*L'escalier des heures glissantes.*
2505.	Julian Barnes	*Avant moi.*
2506.	Daniel Boulanger	*La confession d'Omer.*
2507.	Nicolas Bréhal	*Sonate au clair de lune.*
2508.	Noëlle Châtelet	*La courte échelle.*
2509.	Marguerite Duras	*L'Amant de la Chine du Nord.*
2510.	Sylvie Germain	*L'Enfant Méduse.*
2511.	Yasushi Inoué	*Shirobamba.*
2512.	Rezvani	*La nuit transfigurée.*
2513.	Boris Schreiber	*Le tournesol déchiré.*
2514.	Anne Wiazemsky	*Marimé.*
2515.	Francisco González Ledesma	*Soldados.*
2516.	Guy de Maupassant	*Notre cœur.*
2518.	Driss Chraïbi	*L'inspecteur Ali.*

2519.	Pietro Citati	*Histoire qui fut heureuse, puis douloureuse et funeste.*
2520.	Paule Constant	*Le Grand Ghâpal.*
2521.	Pierre Magnan	*Les secrets de Laviolette.*
2522.	Pierre Michon	*Rimbaud le fils.*
2523.	Michel Mohrt	*Un soir, à Londres.*
2524.	Francis Ryck	*Le silencieux.*
2525.	William Styron	*Face aux ténèbres.*
2526.	René Swennen	*Le roman du linceul.*
2528.	Jerome Charyn	*Un bon flic.*
2529.	Jean-Marie Laclavetine	*En douceur.*
2530.	Didier Daeninckx	*Lumière noire.*
2531.	Pierre Moinot	*La descente du fleuve.*
2532.	Vladimir Nabokov	*La transparence des choses.*
2533.	Pascal Quignard	*Tous les matins du monde.*
2534.	Alberto Savinio	*Toute la vie.*
2535.	Sempé	*Luxe, calme & volupté.*
2537.	Abraham B. Yehoshua	*L'année des cinq saisons.*
2538.	Marcel Proust	*Les Plaisirs et les Jours* suivi de *L'Indifférent* et autres textes.
2539.	Frédéric Vitoux	*Cartes postales.*
2540.	Tacite	*Annales.*
2541.	François Mauriac	*Zabé.*
2542.	Thomas Bernhard	*Un enfant.*
2543.	Lawrence Block	*Huit millions de façons de mourir.*
2544.	Jean Delay	*Avant Mémoire (tome II).*
2545.	Annie Ernaux	*Passion simple.*
2546.	Paul Fournel	*Les petites filles respirent le même air que nous.*
2547.	Georges Perec	*53 jours.*
2548.	Jean Renoir	*Les cahiers du capitaine Georges.*
2549.	Michel Schneider	*Glenn Gould piano solo.*
2550.	Michel Tournier	*Le Tabor et le Sinaï.*
2551.	M. E. Saltykov-Chtchédrine	*Histoire d'une ville.*
2552.	Eugène Nicole	*Les larmes de pierre.*

2553.	Saint-Simon	*Mémoires II.*
2554.	Christian Bobin	*La part manquante.*
2555.	Boileau-Narcejac	*Les nocturnes.*
2556.	Alain Bosquet	*Le métier d'otage.*
2557.	Jeanne Bourin	*Les compagnons d'éternité.*
2558.	Didier Daeninckx	*Zapping.*
2559.	Gérard Delteil	*Le miroir de l'Inca.*
2560.	Joseph Kessel	*La vallée des rubis.*
2561.	Catherine Lépront	*Une rumeur.*
2562.	Arto Paasilinna	*Le meunier hurlant.*
2563.	Gilbert Sinoué	*La pourpre et l'olivier.*
2564.	François-Marie Banier	*Le passé composé.*
2565.	Gonzalo Torrente Ballester	*Le roi ébahi.*
2566.	Ray Bradbury	*Le fantôme d'Hollywood.*
2567.	Thierry Jonquet	*La Bête et la Belle.*
2568.	Marguerite Duras	*La pluie d'été.*
2569.	Roger Grenier	*Il te faudra quitter Florence.*
2570.	Yukio Mishima	*Les amours interdites.*
2571.	J.-B. Pontalis	*L'amour des commencements.*

Impression S.E.P.C. à Saint-Amand (Cher),
le 31 mars 1994.
Dépôt légal : avril 1994.
1er dépôt légal dans la collection : février 1973.
Numéro d'imprimeur : 800.
ISBN 2-07-036340-6./Imprimé en France.